Les Aventuriers de l'Étrange

32, chemin des Roberts
17100 Saintes
www.les-aventuriers-de-letrange.fr

Westend boy de Tomas Lagermand Lundme et Rune Ryberg
Édition originale : *Forlaget Cobolt*, Danemark, 2021

Direction de publication : Marc-Antoine Fleuret
Traduction : Anne Grillot & Marc-Antoine Fleuret
Couverture et maquette : Rune Ryberg

Avec le concours financier de la région Nouvelle-Aquitaine
Avec le concours financier de la *Danish Arts Foundation*

Statens
Kunstfond

Imprimé en Slovaquie sur les presses de *Polygraf Print*
Dépôt légal : décembre 2021
ISBN : 978-2-490195-27-5
Première édition

TAXI

TO 13 119

Vous ne voulez pas les mettre dans le coffre ?
Les sacs ?
Oui.
Non, je préfère les garder avec moi.

Vous déménagez ?
En quelque sorte...
Toute une vie emballée dans trois sacs en plastique ?
Oui... Vous pouvez le dire.
Vous voulez savoir autre chose ?
Non.
KLAP
L'hôtel Royal, s'il vous plait.

L'hôtel Royal ? Très bien !
Devez-vous y être à une heure précise ?
Non, je ne fais qu'y passer.
Vous ne faites qu'y passer ?
Oui, juste pour le plaisir.
Le plaisir...
Alors, en route. Au plaisir de vous y conduire.
Who's gonna drive you home tonight

Il y aura des murs blancs et un plancher chaleureux.
Peut-être bien une serre, aussi. Et puis un chien.
Nous serons ensemble pour toujours.
On savourera la quiétude des matins qui prennent tout leur temps.
Thé et pain grillé.
Pour toujours, nous serons ensemble.
Avec nos murs blancs et notre plancher chaleureux.
Je n'en peux plus d'attendre.
Nous y sommes !

Mais... Vous êtes sûr ?
Oui, je préfère l'entrée de service.
EXCHANGE
REPAIR CENTER
TAXI
Comme vous voudrez. Ça fera 167.
167
Tenez, prenez 180.
Je suppose que je devrais vous remercier.
Je vous souhaite une bonne soirée.

Une bonne soirée ? Espérons. À vous également !
Vous êtes loin d'imaginer ce que sont mes soirées...
1/2 litre de lait tout
KLAP
TAXI
TO 13 119
Que voulez-vous dire ?
Vrooom

Bonsoir.
Un nouveau jeudi... Encore.
Le dernier.
Oui, oui...
Est-il arrivé ?
Il sera en retard. Il vient tout juste de prévenir.
En retard de beaucoup ?
Environ une heure.
10

OK. Pourrais-je avoir la clef ?
Chambre 316.
Voici.
M. Laursen a également appelé.
Que voulait-il ?
Comme d'habitude.
Vous savez comment il est.
C'est un journaliste.
Que lui avez-vous dit ?
La même chose que les autres fois.
Il ne s'arrêtera donc jamais...

M. Laursen est l'opiniâtreté incarnée.
Si vous n'avez pas d'autres bagages que ces sacs en plastique, ayez la gentillesse de vous en débrouiller. Que je ne les voie pas traîner dans l'ascenseur.
Ça va, je le sais.
Ouhhh, désolé.
HA HA HA HA HA HA
Ne vous inquiétez pas, ce sera la dernière fois.
M'ouais, ils disent tous ça. À chaque fois.
Pardon ?
Non, rien.

La dernière fois, je vous le promets.
Bye bye !
Bye bye ?
Oui, il va assister à un séminaire très important...
fumle
fumle
Ah, c'est vrai ! Je l'ai lu dans le journal.
Dans la chronique de Laursen.
Ce sera seulement pendant la journée. Nous aurons toutes les soirées pour nous.
Tu rêves mon jeune ami.

Et peut-être même qu'il aura aussi un ou deux jours de congé.
Jusqu'à temps qu'il se lasse...
Ensuite, on rentrera chez nous. Dans une maison quelque part au nord en lisière de forêt. Avec un jardin.
... et qu'il trouve quelqu'un de plus jeune que toi.
Il m'a promis mon propre espace pour que je puisse commencer à écrire et à dessiner.
Alors il fera des heures supplémentaires.

Que dites-vous ?
Rien, je marmonnais en pensant à tout le reste.
Tout le reste ?
Oui, sa compagne et ses enfants par exemple ?
Euh...
Les enfants pourront vivre avec nous, et sa femme, elle...
Pourquoi me demandez-vous ça ?
Je ne demande rien.
Il n'est pas aveugle. Il comprendra par lui-même.
Ou... Je lui expliquerai.
Je trouverai. Ensemble, on trouvera une solution.
15

Évidemment, il comprendra. J'en suis sûr.
Vous n'avez qu'à laisser parler votre cœur.
J'ai fait monter deux verres et une bouteille de vin - paiement en liquide, toujours aucune facture, n'est-ce pas ?
Oui, comme d'habitude... même si c'est la dernière fois.
Vraiment la dernière fois.
16

klik
DING
Hummmm
316
klak
KLAP
17

tchk
frrrrrr
Puf
I GUESS YOU'RE JUST WHAT I NEEDED
Bzzzzzzz
Allô !
Gustave ?
Salut, c'est moi.
Je suis à la réception. On m'a dit que tu étais là. Est-ce que tu as un peu de temps ?
Bien sûr. Tu n'as qu'à monter. Il ne sera là que dans une heure.
18

Moi, ça fait deux heures que je poireaute.
Je ne sais pas du tout si Jorgensen viendra.
Ne dramatise pas.
Il m'a dit qu'il viendra seulement si sa ridicule réunion le permet.
Les relations d'affaires...
On sait bien ce que c'est.
Relations d'affaires ! Mon cul, oui !
Allez, monte !
19

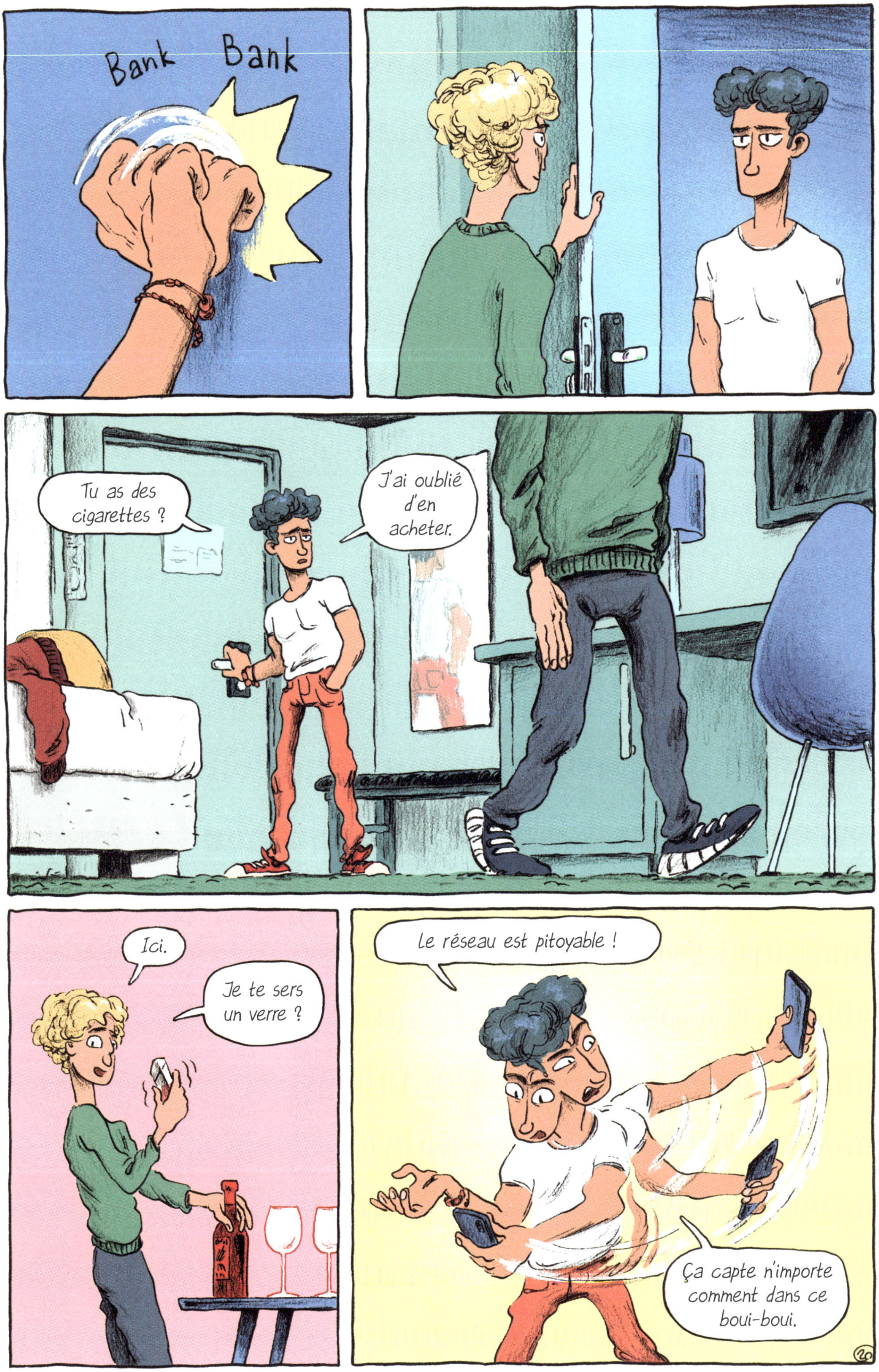

Bank Bank
Tu as des cigarettes ?
J'ai oublié d'en acheter.
Ici.
Je te sers un verre ?
Le réseau est pitoyable !
Ça capte n'importe comment dans ce boui-boui.

Jorgensen avait promis d'appeler.
Il avait promis...
Il viendra probablement.
Santé ! Gustave !
Et toi, tu es sûr qu'il viendra vraiment le tien ?
Oui. Stefan vient toujours.
Tu as de la chance.
Tu crois ?
21

Oui, tu as de la chance. Jorgensen n'est pas du tout comme ça.
BEEP BLEP BEEEP
BEEP BLEP
BEEP BLEP BEEEP
Klik
C'est encore ce journaliste de malheur ?
Oui.
Puf
BEEP

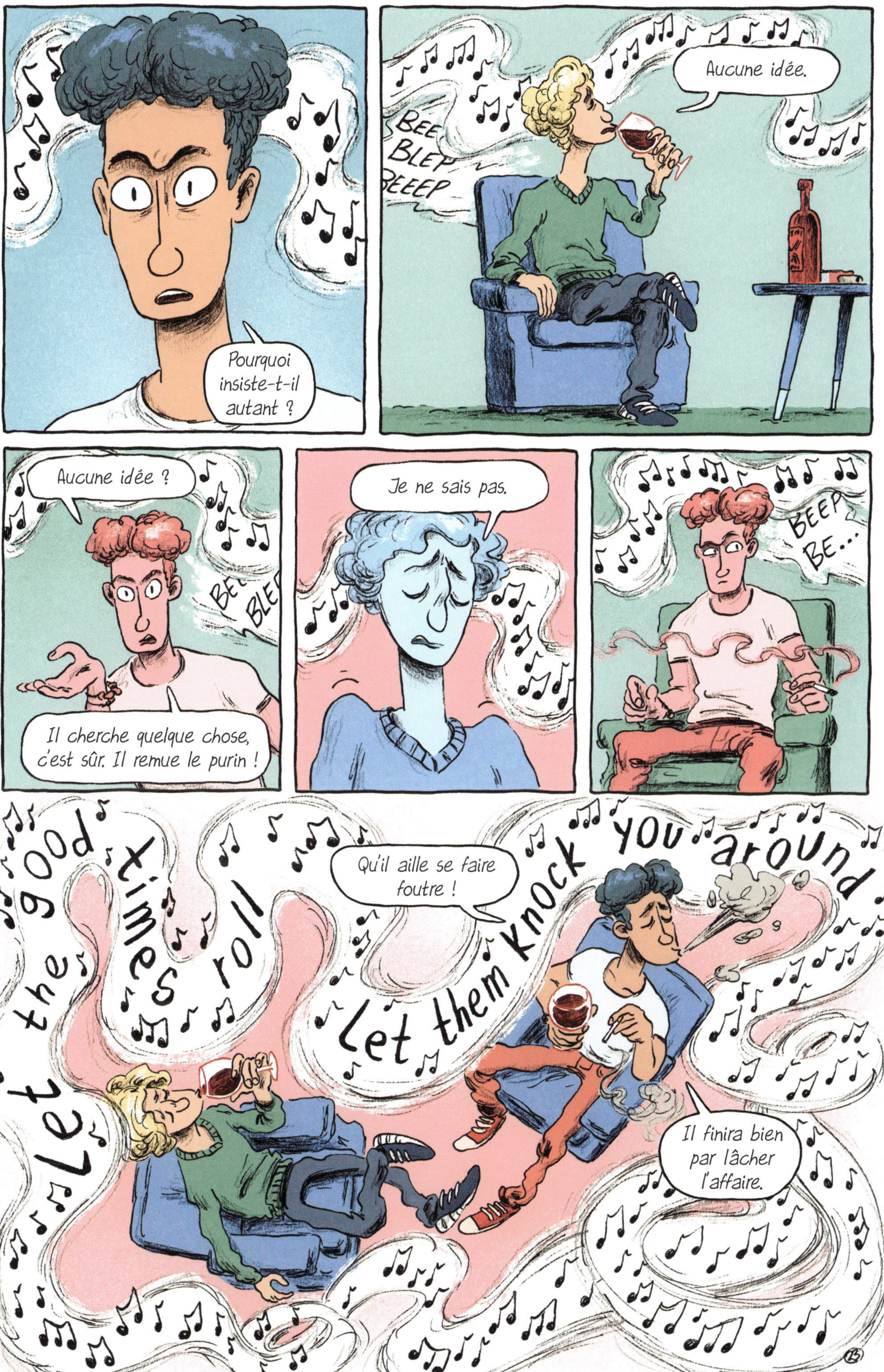
Pourquoi insiste-t-il autant ?
BEE BLEP BEEEP
Aucune idée.
Aucune idée ?
BEE BLEP
Il cherche quelque chose, c'est sûr. Il remue le purin !
Je ne sais pas.
BEEP BE...
Let the good times roll
Let them knock you around
Qu'il aille se faire foutre !
Il finira bien par lâcher l'affaire.

Je vais me blottir contre lui.
Nous serons enfin seuls.
Stefan Gustafsen, rien que pour moi.
Et puis je lui dirai de prendre ses distances.
J'enfilerai mes vêtements à la hâte et je partirai.
Mais je resterai dans le couloir.
Et il viendra me retenir. Il me convaincra de rester.
Ensuite, nous retournerons nous coucher.
24

Il me fera défaillir.
Je sentirai son souffle. Ce sera doux.
Ses lèvres.
Terminés les mensonges. Seulement le désir.
Il y aura des reproches. Comme sur mon âge. Alors, je me ferai pardonner. Je répondrai à toute ses demandes.
Il m'embrassera encore et encore. Et puis nous nous aimerons à nouveau.
Mon attente n'aura pas été vaine. Il me donne tout le bonheur qu'un être humain peut espérer.
Je n'ai pas besoin de plus.
Seulement lui.
Hein ?
rusk
rusk

Hé ! Réveille-toi, Roméo !
C'est tout de même désolant que Jorgensen n'appelle toujours pas.
Peut-être qu'il a laissé un message à la réception.
Tu penses ?
Sois patient ! Il est certainement occupé. Le plus important est qu'il vienne.
Tu es trop naïf, Émile.
Bien sûr qu'il viendra.
Je te mime la scène de son arrivée :
"Bonjour mon chou, comme c'est agréable de te voir."
"Cesse de m'appeler mon chou."

"Tu ne veux pas discuter un peu avant ?"
"Avant quoi ?"
"Tu sais bien."
"Avant de le faire."
"Arrête... La bestialité, tu adores ça."
"Pardon."
"Ça n'a pas d'importance."
Oh, et puis à quoi bon ?
Il ne fait que mentir. Il m'utilise comme un objet. Il ne prend même pas la peine d'avoir une bonne hygiène.
Juste, il arrive et c'est parti…
Gustave, tais-toi. Ça ne m'intéresse pas !
"Oui, oui, vas-y !"
"Enlève tes vêtements."
"Utilise-moi."
"Je suis ton mignon. Ton petit mignon."
"Je suis un vilain garçon."
"C'est ça, tu as mal."
"Non, ce n'est pas bizarre."
"Ce n'est pas grave, pleure !"
"Mais tu aimes ça."
"Tu es chaud, chaud comme un brasier."
"Oui, oui, vas-y encore…"
27

Moi, ce n'est pas comme ça.
Alors, comment c'est, Émile ?
C'est charmant.
Crois-moi, il n'y a rien à espérer de ces tristes passades.
Toi et tes stupides espoirs. Ce ne sera jamais charmant, Émile.
Si avec Jorgensen vous vous aimiez, ce serait comme ça. Si vous vous aimiez vraiment.

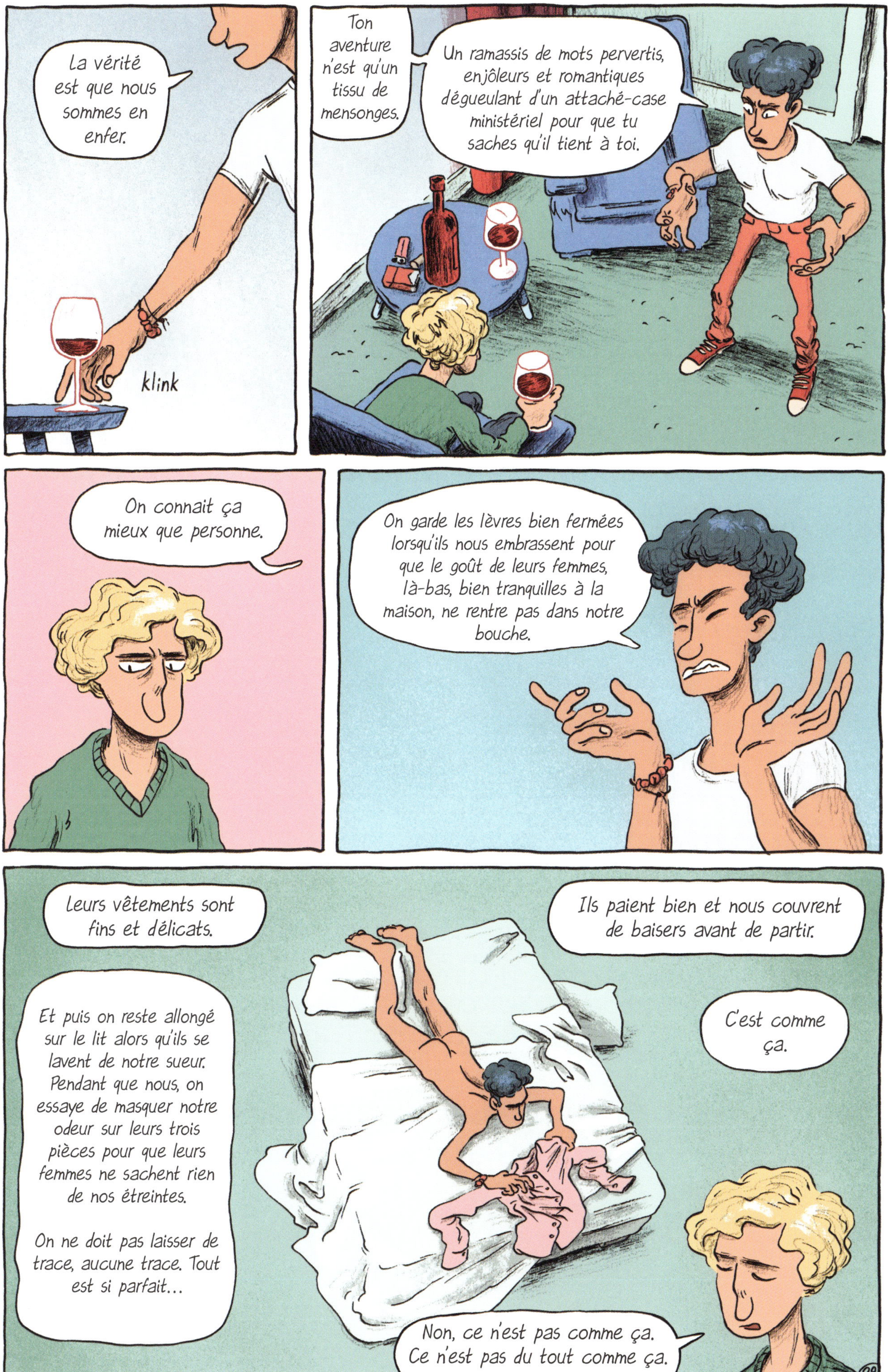
La vérité est que nous sommes en enfer.
klink
Ton aventure n'est qu'un tissu de mensonges.
Un ramassis de mots pervertis, enjôleurs et romantiques dégueulant d'un attaché-case ministériel pour que tu saches qu'il tient à toi.
On connait ça mieux que personne.
On garde les lèvres bien fermées lorsqu'ils nous embrassent pour que le goût de leurs femmes, là-bas, bien tranquilles à la maison, ne rentre pas dans notre bouche.
Leurs vêtements sont fins et délicats.
Ils paient bien et nous couvrent de baisers avant de partir.
Et puis on reste allongé sur le lit alors qu'ils se lavent de notre sueur. Pendant que nous, on essaye de masquer notre odeur sur leurs trois pièces pour que leurs femmes ne sachent rien de nos étreintes.
On ne doit pas laisser de trace, aucune trace. Tout est si parfait…
C'est comme ça.
Non, ce n'est pas comme ça. Ce n'est pas du tout comme ça.
29

Pas du tout.
Tu te fais des films…
Ça n'a rien à voir. Stefan m'apprécie.
Émile, nous sommes en enfer !
Mieux, il m'aime.
Quand il est ici avec toi, il t'aime.
Seulement à ce moment-là.
Non, il m'aime vraiment. Je le connais.
Regarde la réalité en face.
Je ne fais que ça.
Regarder la réalité.
Il m'aime. Je le sais.

Il m'aime.
Is this the kill
Is this the thrill
I'll wait untill you say
This could be love
This could be love
Il m'aime.

Rassure-toi...
... nous ne sommes pas encore morts.
Allez, santé !
twerk
twerk
J'aime tellement lorsqu'il m'embrasse.
32

I'll wait untill you say
Ses lèvres me font tout oublier.
Nous sommes ensemble. Tous les deux.
Nous serons enfin réunis.
This could be love
Je n'ai plus à attendre quelqu'un ou quelque chose.
Je suis là.
Avec lui.
This could be love

BEEP
BLEP
BEEEP
Ça rappelle !
BEEP
BLEP
BEEP
BEEP
BLEP
BEEP
Non !
Laisse sonner.
BEEP
BLEEP
BE..*
Laursen, toujours lui.
Laursen ?

Oui, le journaliste politique.
Je crois bien que ton maudit Stefan t'a posé un lapin. Il ne viendra pas.
Si, il viendra... parce que...
Parce que nous devons partir et...
Non rien.
Où est-ce que vous allez ?
Nulle part.
KlAP! KlAP
En voyage ?
Oui.
Non.
Je ne sais pas.
Quoi ? Tu ne sais pas ? Où allez-vous ?
35

Laisse tomber.
Réponds-moi, Émile. Où allez-vous ?
J'emménage avec lui.
Vous emménagez ensemble ? Quand ?
Dans une semaine.
Après notre voyage.
tchk tchk tchk
Tu mens, Émile.
Non. Nous nous installerons au nord.
Au-delà des forêts.
Avant, on ira à...
Mensonge !
Il va divorcer. Au nord. Dans une villa d'architecte. Avec jardin.
tchk tchk tchk
36

Tu délires, mon pauvre Émile.
Tu dérailles complètement.
Non.
Tu te rends compte ?
Pas vraiment.
37

Une vie charmante avec des enfants et la perspective de la retraite.
C'est ça, Émile ?
Émile, le bienheureux !
Pourquoi pas ?
Pourquoi pas ?!
KLIRR!
Stefan est un pourri.
Stefan ? Tu ne le connais pas.
Pas comme je le connais.
38

Détrompe-toi.
C'était il y a longtemps.
Avant que tu ne le rencontres.
Tu as été avec lui ?
Oui.
Traitre !
Tu sais ce qu'il te dit le traitre ?
Que s'est-il passé ?
Rien.
Vous étiez ensemble ?
Évidemment.
Comment ça, évidemment ?

Des dizaines de fois. Il avait besoin de moi.
Besoin de toi ?
Ouais. C'était assez nul, d'ailleurs.
Il m'aimait.
C'est sûr.
Il te l'a dit ? Il t'a dit qu'il t'aimait ?
Oui, il me l'a dit. Je pouvais le sentir aussi. Il m'aimait tendrement.
Heumm...
Tu dis ça pour me peiner.
Émile ! Reviens sur terre. Il t'arrivera la même chose. Crois-moi, il te remplacera !

Laisse-moi, s'il te plait.
C'est bon, ne pleure pas.
Je ne pleure jamais.
Et ces larmes...
Dégage, Gustave !
Je t'ordonne de dégager !
Émile, je te dis qu'il n'est pas celui que tu crois.
Tu n'es qu'un cœur d'artichaut en mal d'amour.
hulk hulk
SLAM!
hulk hulk
41

klik
Il m'aime.
pssch
Je le sais.
Il m'aime passionnément.
psssch
L'amour... Si c'est ça l'amour, alors j'attendrai.
Je l'attendrai, lui.
Il m'aime.
Ça prend juste du temps. Un peu plus de temps.
Mais je suis là.
Avec mes espoirs.

Il y a toujours des garçons comme moi. Ils seront toujours plus jeunes, plus beaux...
Ils sont partout.
Mais aujourd'hui, c'est moi qu'il veut. Il m'a choisi.
Et il me veut partout et tout le temps.
C'est moi qui gagnerai la guerre.
La guerre de l'amour véritable.

BANK BANK
Hum.
La porte est ouverte.
Bonjour mon tout beau.
Pourquoi sanglotes-tu ?
Tu as apporté ta valise avec toi.
Elle a l'air lourde.

Oui, il y a beaucoup de sous-vêtements pour se changer au cas où. Hahaha !
Hahaha.
Snif
Viens ici, Émile.
Est-ce que tu m'aimes vraiment ?
Oui, tu le sais bien.
Alors, dis-moi... Tu as pleuré.
Viens dans mes bras et raconte-moi.

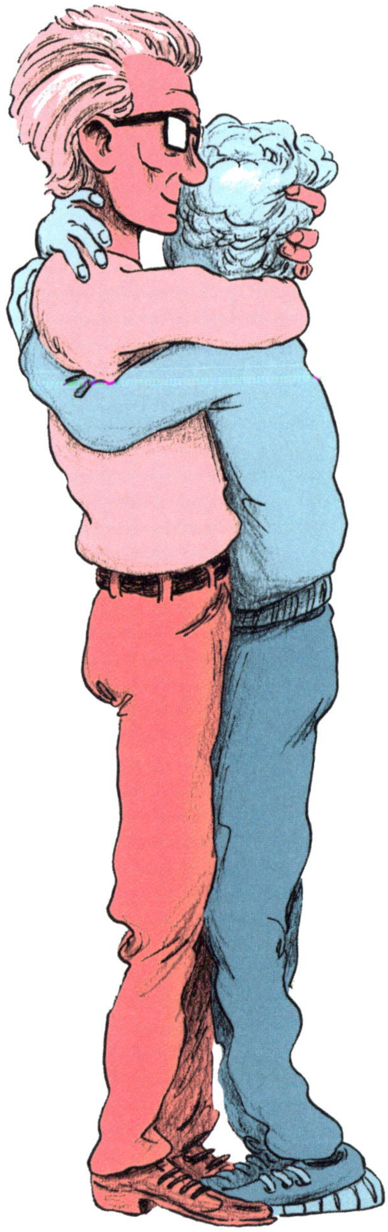

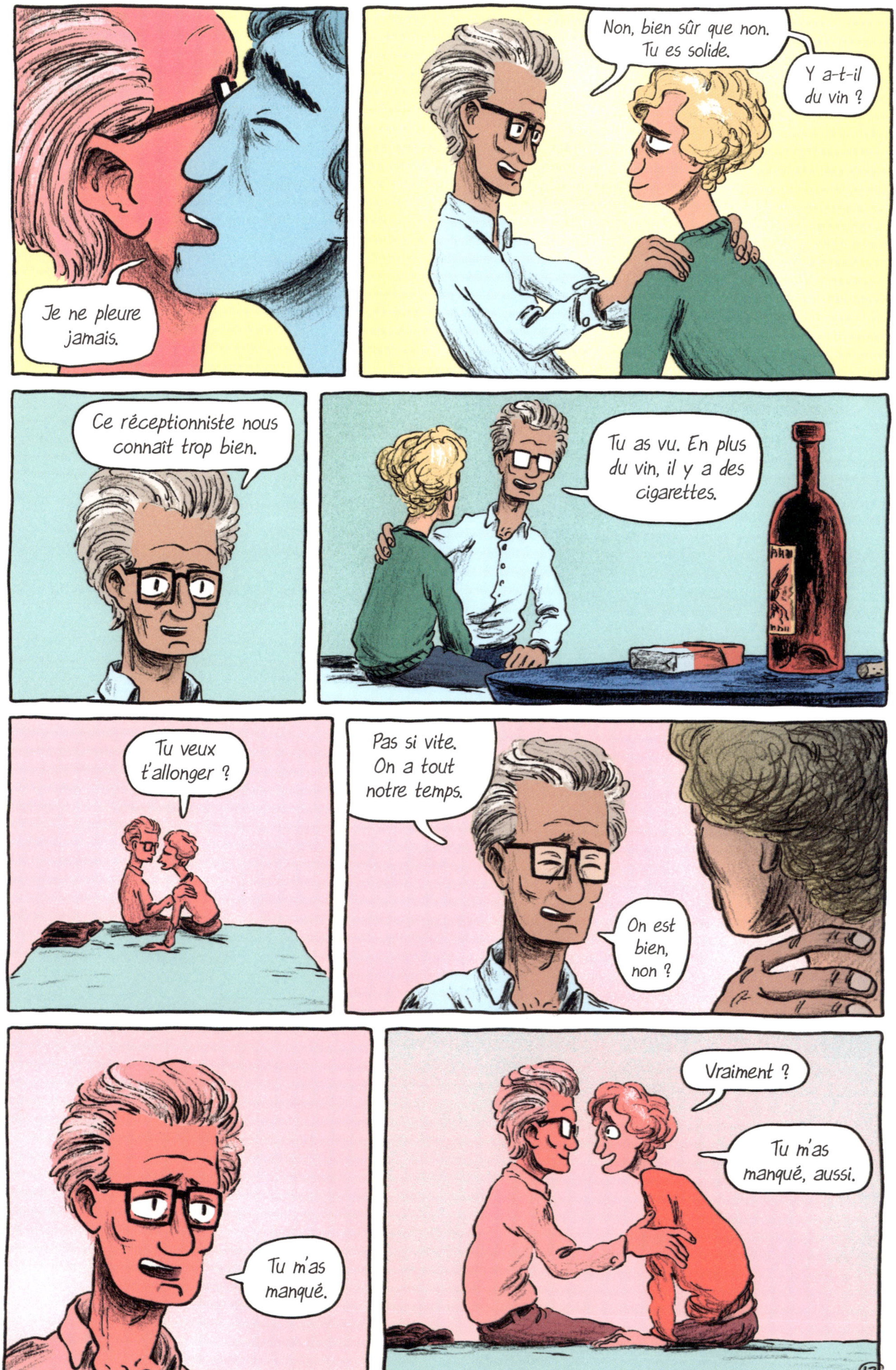
Je ne pleure jamais.
Non, bien sûr que non. Tu es solide.
Y a-t-il du vin ?
Ce réceptionniste nous connaît trop bien.
Tu as vu. En plus du vin, il y a des cigarettes.
Tu veux t'allonger ?
Pas si vite. On a tout notre temps.
On est bien, non ?
Tu m'as manqué.
Vraiment ?
Tu m'as manqué, aussi.

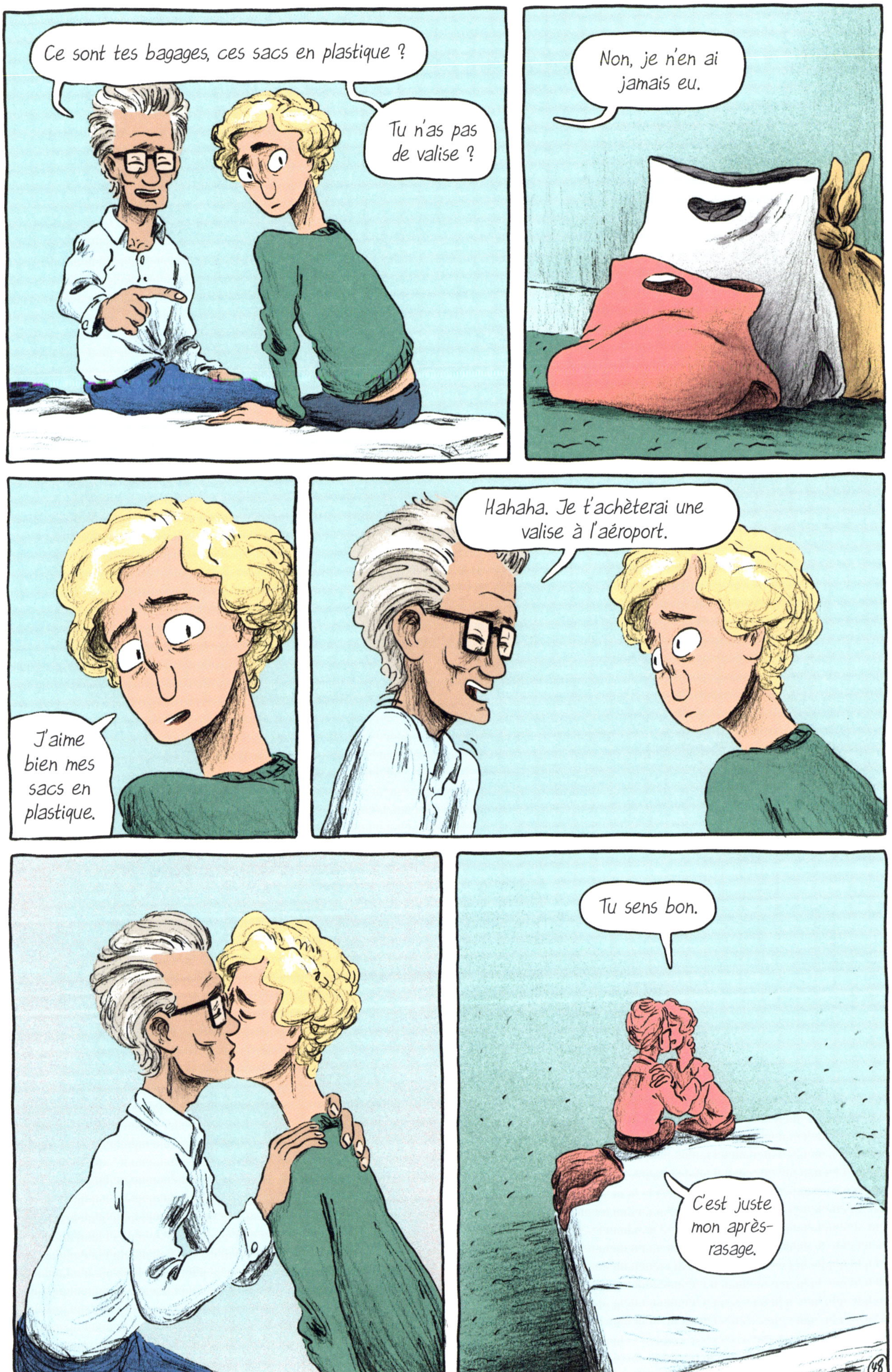
Ce sont tes bagages, ces sacs en plastique ?
Tu n'as pas de valise ?
Non, je n'en ai jamais eu.
J'aime bien mes sacs en plastique.
Hahaha. Je t'achèterai une valise à l'aéroport.
Tu sens bon.
C'est juste mon après-rasage.
48

Je suis comme un animal. Un prédateur.
Tout-puissant.
Je suis en chasse.
Je ne serai pas éternellement jeune.
Alors, je m'accroche. Simplement.
Il s'agit de trouver une proie lorsqu'on est jeune et séduisant.
Après, il faut faire le reste. Stefan est pour moi.
À moi les lendemains qui chantent. Ma peau est tellement douce. Et mes dents, si blanches.
On fuira dans un pays lointain. Il rentrera dans l'après-midi et je serai allongé sur le lit de la chambre d'hôtel. Je l'attendrai en feuilletant un magazine.

Il rampera jusqu'à moi. Il me chevauchera, m'embrassera.
Je l'embrasserai.
Nous nous aimerons.

Nous sommes deux guerriers triomphant d'une guerre ancestrale.
La guerre de l'amour.
Il est doux, viril. Et il ne me fait pas mal.
Il ne me fait aucun mal.
Je l'ai tant attendu.
Nous nous attendions l'un l'autre.
Désormais, je n'ai plus à lutter.

Demain, on s'envolera. Tous les deux.
Je n'ai jamais pris l'avion auparavant.
Vraiment ? Tu verras, c'est formidable. On plane entre les nuages.
J'adore voyager.
Entre les nuages ?
Ce sera...
... notre premier vrai voyage ensemble.
En vérité... Je n'ai jamais été plus loin que cette banlieue.
Tu vas assister à beaucoup de réunions ?
Pendant le séminaire ? Le séminaire est une seule et longue réunion.

Toute la semaine ?
POUF
Nous aurons les soirées pour nous.
Uniquement les soirées ?
Tu ne pensais tout de même pas prendre part aux conférences ?
Je ferai quoi, alors ?

Je te rejoindrai tous les soirs s'il n'y a pas de dîners de planifiés.
Et s'il y en a ?
Je louerai une voiture. Ton hôtel est dans les montagnes, il est très beau. Avec une piscine.
Hein ? On ne sera pas dans le même hôtel ?!
Émile, on a tout notre temps. On passe un bon moment, non ?

I've been lying on your feathers
You keep talking about the weather
I'm a psilocybin pony
You're a flick fandango phoney

Je me suis enfermé.
Maman frappe à la porte.
Encore 5 minutes. Laisse-moi encore 5 minutes.
Je me suis entaillé les doigts avec une boîte de maquereau et je peux voir mon sang s'écouler.
Je veux qu'il continue à s'écouler.

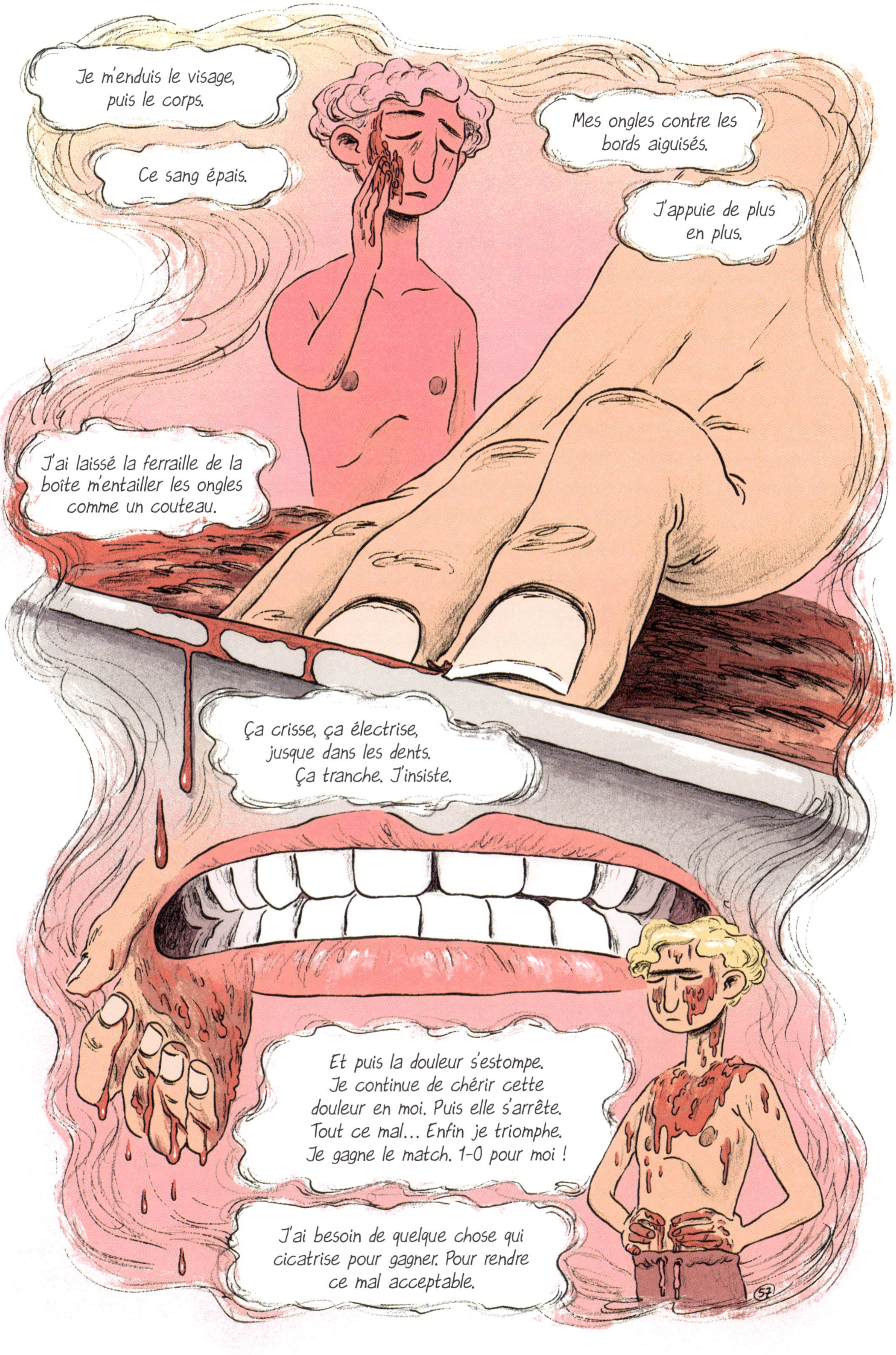
Je m'enduis le visage, puis le corps.
Ce sang épais.
Mes ongles contre les bords aiguisés.
J'appuie de plus en plus.
J'ai laissé la ferraille de la boîte m'entailler les ongles comme un couteau.
Ça crisse, ça électrise, jusque dans les dents. Ça tranche. J'insiste.
Et puis la douleur s'estompe. Je continue de chérir cette douleur en moi. Puis elle s'arrête. Tout ce mal… Enfin je triomphe. Je gagne le match. 1-0 pour moi !
J'ai besoin de quelque chose qui cicatrise pour gagner. Pour rendre ce mal acceptable.

Je te sens complètement absent, aujourd'hui.
Dis-moi comment ce sera après.
Après ?
Oui, explique-moi.
On trouvera, Émile.
Nous n'avons pas besoin d'être si pressés.
Parce que... ce sera encore long ?
On ne doit pas aller trop vite.
Je voulais juste...
Savoir.

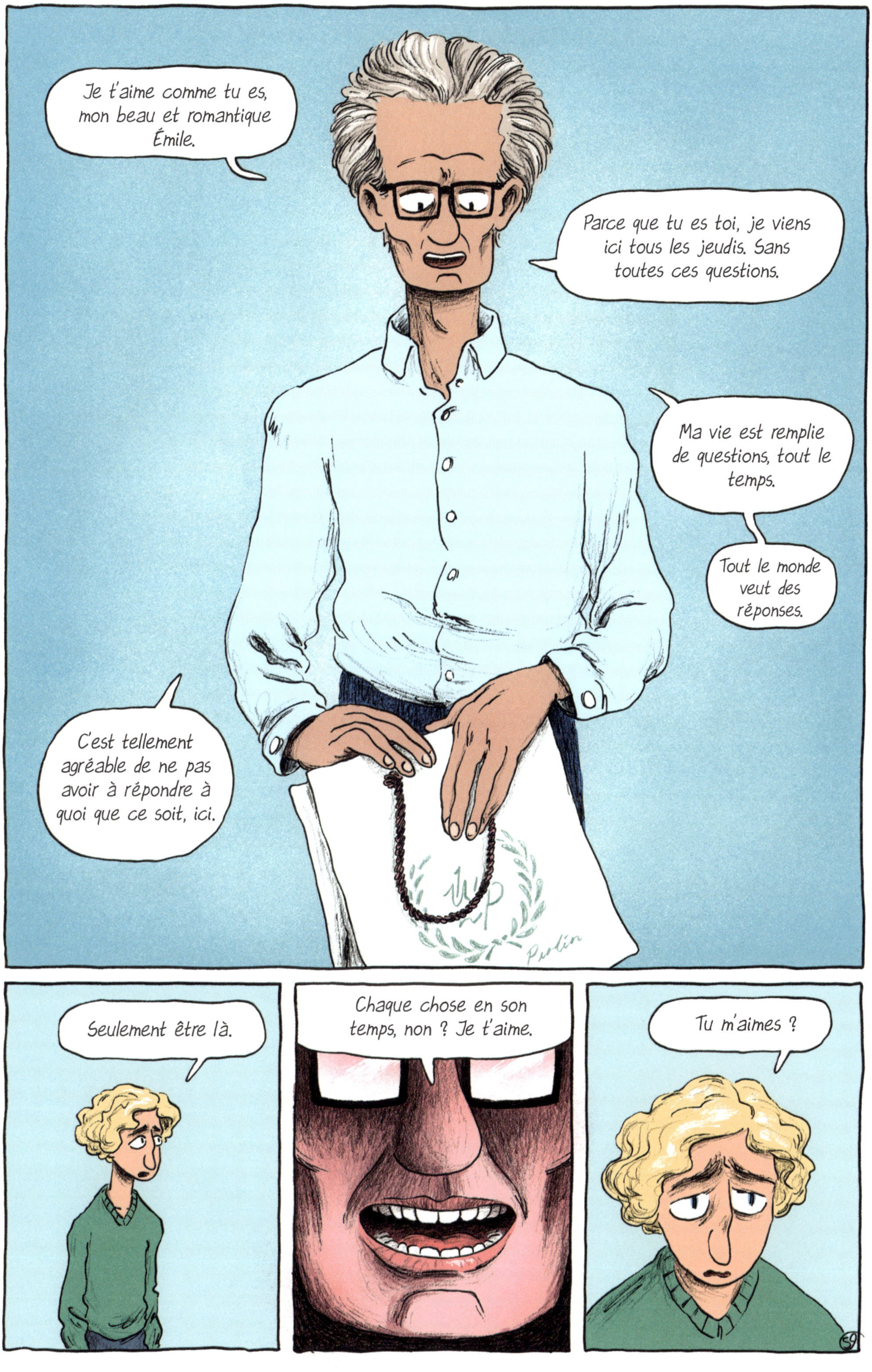
Je t'aime comme tu es, mon beau et romantique Émile.
Parce que tu es toi, je viens ici tous les jeudis. Sans toutes ces questions.
Ma vie est remplie de questions, tout le temps.
Tout le monde veut des réponses.
C'est tellement agréable de ne pas avoir à répondre à quoi que ce soit, ici.
Seulement être là.
Chaque chose en son temps, non ? Je t'aime.
Tu m'aimes ?

Je t'ai acheté un pull. Regarde.
Essaye-le.
Je n'ai jamais rien reçu de personne. C'est un cadeau ?
Le bleu te va bien. Il fait ressortir l'éclat de tes yeux.
Tu le penses ?

Quand j'étais au parc de Tivoli, j'avais des ballons roses.
Mais ils se sont envolés. Il y avait du monde et un souffle d'air. Ils ont glissé entre mes doigts.
Je n'ai pas pu les retenir. Aucun. Ensuite, ils ont disparu.
Quand on est en guerre, il est facile de tout perdre. Une simple embuscade… Un soldat simulant dans une tranchée alors qu'on pensait avoir tué tous les ennemis.
Les pires ennemis sont ceux auxquels on s'est habitué. Ceux qui deviennent nos amis.
Je l'ai pourtant attendu si longtemps.
Je ne veux pas qu'il disparaisse. Il ne doit pas s'envoler.

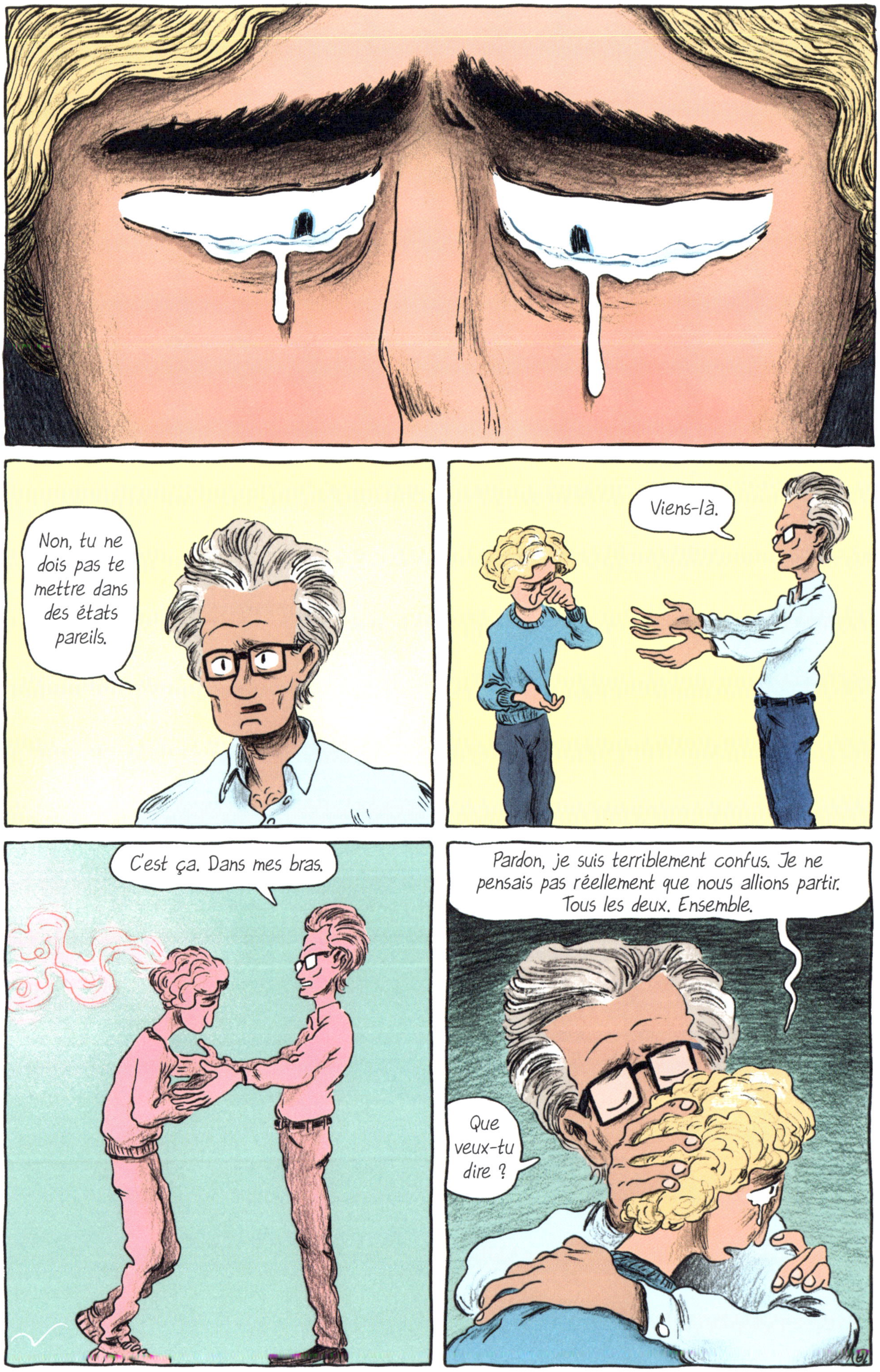
Non, tu ne dois pas te mettre dans des états pareils.
Viens-là.
C'est ça. Dans mes bras.
Pardon, je suis terriblement confus. Je ne pensais pas réellement que nous allions partir. Tous les deux. Ensemble.
Que veux-tu dire ?

Je pense qu'on devrait continuer comme on le fait.
Tu dois prendre soin de ta carrière.
Je suis assez grand pour m'occuper de moi.
Ring
Ring
Ring
Hmm.
Ring
Ring
Oui, c'est moi.
Je sais, je sais.
Tu peux tout descendre dans la cave, je récupérerai les cartons dans quelques jours.
Non, tu ne me déranges pas.
Vas-y, passe-la moi.
Bonsoir, c'est papa. Est-ce que tu es déjà au lit ?
Non, papa n'a pas le temps pour une histoire.
63

Bon, d'accord, d'accord.
...
Pfff
Il était une fois deux personnes qui s'aimaient mais ne pouvaient pas être ensemble.
Leurs parents leur avaient interdit.
Mais ils s'aimaient plus que tout.
Alors une nuit, ils s'enfuirent loin, quelque part là où personne ne pourrait les séparer.
Jamais.
64

Et je pense qu'ils y vivent encore.
Qu'est-ce que tu dis ?
Si leurs parents ne s'inquiétaient pas ?
Si, au début. Puis ils se sont habitués. Et à un moment, ils ont compris que cet amour était plus fort que leur inquiétude.
bladre bladre
Allez maintenant, retourne dans ton lit.
Oui, oui.
Bisou, bisou.

Power off
dok
L'as-tu dit à ta fille ?
Oui, elle sait.
Que sait-elle ?
Elle sait ce qu'elle a besoin de savoir, Émile.
Que tu as quelqu'un d'autre ?
Oui. Elle le sait.
Tu es doué pour les histoires.

C'est dur pour elle. Elle n'a que cinq ans.
C'est dur pour moi aussi.
Pourquoi tu es comme ça, ce soir ?
J'ai emballé toutes mes affaires dans ces trois sacs en plastique.
Regarde !
Voici toute ma vie.
Calme-toi, Émile.
Viens ici. Déshabille-toi.
Allonge-toi près de moi.
Mais ta femme... Elle sait bien que tu fréquentes quelqu'un d'autre ?
Oui, je lui ai dit.
67

Elle ne sait pas que c'est moi.
Non, elle ne te connaît pas.
Elle ne sait pas que cet autre est un homme.
Oh, ça n'a pas d'importance.
Sans importance comme l'hôtel… Je devrais rester dans un hôtel miteux où tu n'es pas. Si j'étais une fille, ce serait plus facile.
Viens. Allonge-toi. Je te veux. Je te comprends.
Si tu étais une fille je ne t'aimerais pas ainsi !

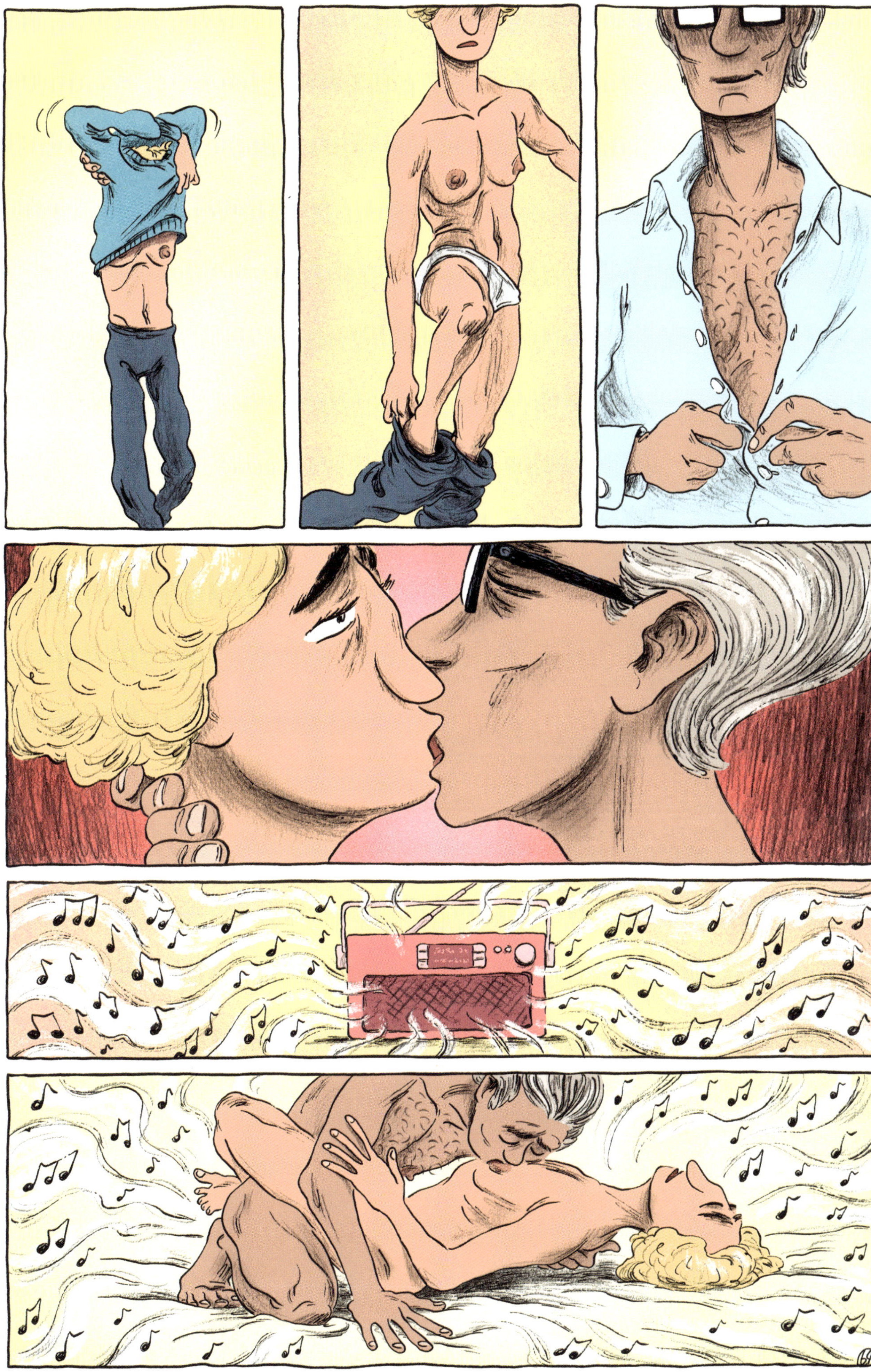

Je ferai en sorte de masquer les cristaux de l'horloge.
Alors il ne saura pas quelle heure il est.
L'affection. Ils ne savent jamais ce que c'est.
ALKALINE
Ni demain, ni aujourd'hui, ni même tous ces jeudis.
Jamais.
Mais je l'aime.
Stefan.

Je l'aime.
Il finira par regretter.
Il finira par tout regretter.
Il va revenir m'aimer. Me couvrir de baisers. Parce qu'il est fou de moi.
On partira quand il reviendra.
Ensuite, nous nous enfuirons loin. Seulement nous deux. Le bonheur.
Le bonheur, je l'atteindrai.

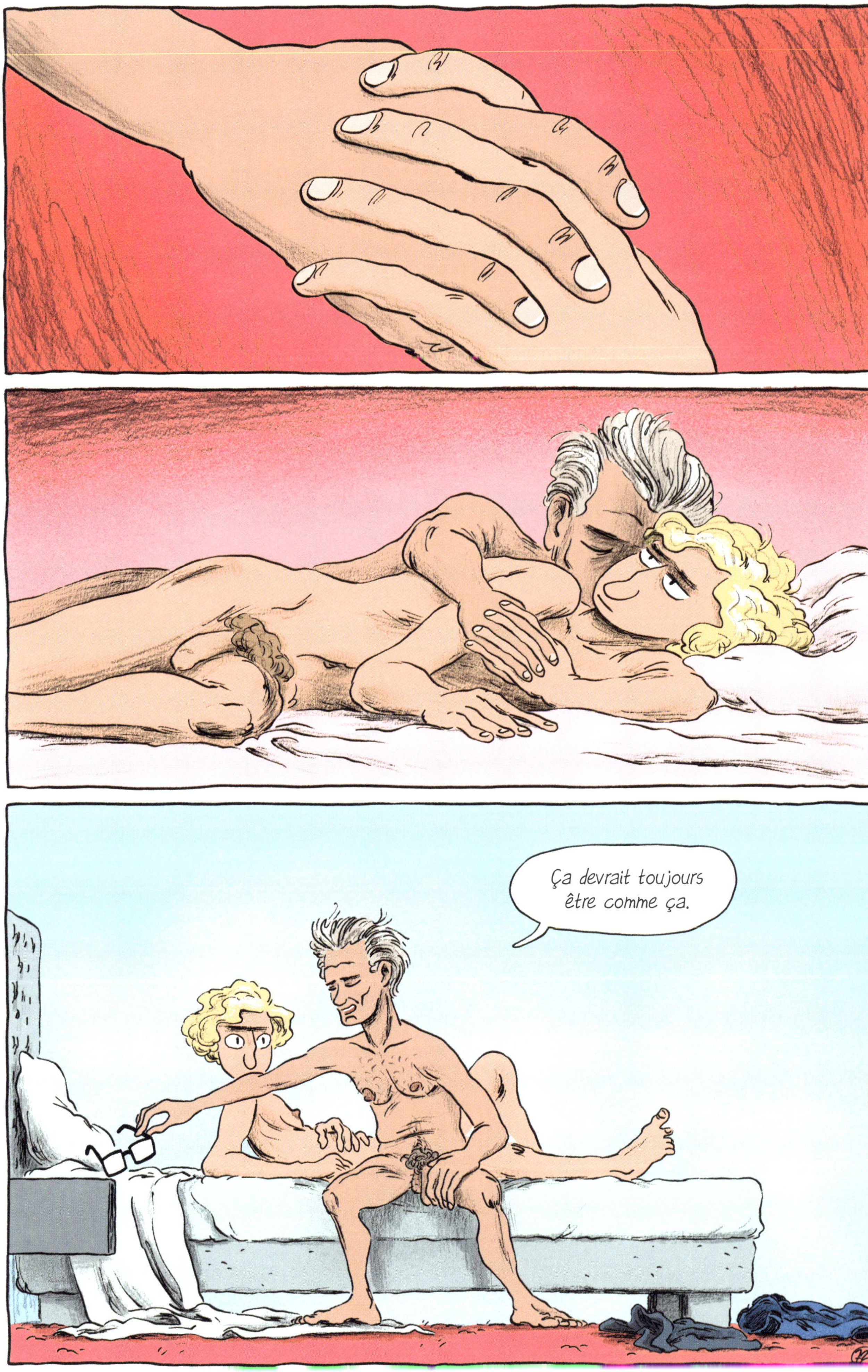
Ça devrait toujours être comme ça.

Rien que nous deux. Ici.
Pour toujours ?
Tu sais, le monde n'est pas si atroce.
Tu pourrais faire tant de chose. Ne sois pas si impatient.
Je reste assis dans un bureau toute la journée à essayer de comprendre tout ce qu'il y a à comprendre.
À mettre des choses en place.
Ma vie est un gigantesque puzzle.
Dont je ne suis qu'une petite pièce.

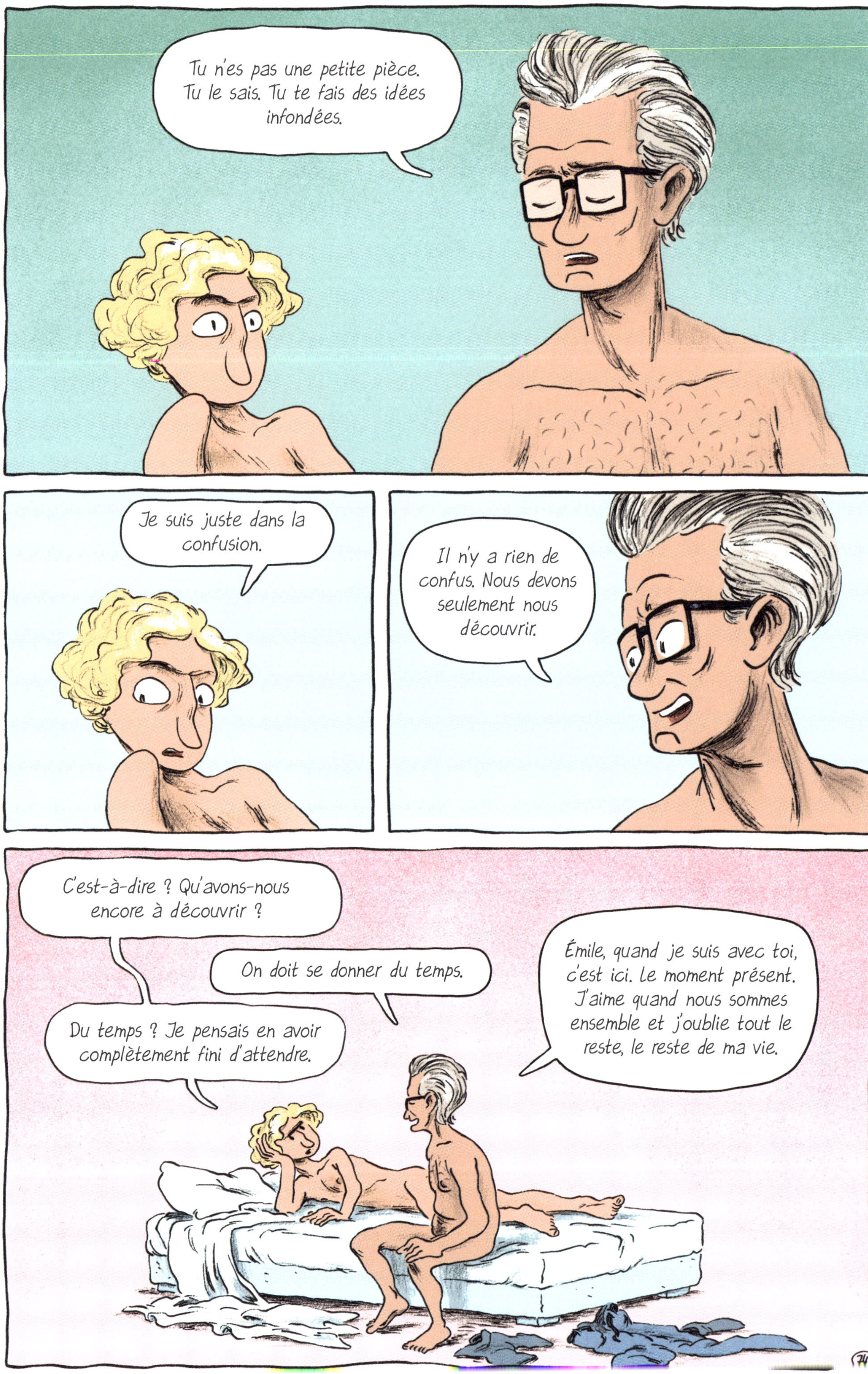
Tu n'es pas une petite pièce. Tu le sais. Tu te fais des idées infondées.
Je suis juste dans la confusion.
Il n'y a rien de confus. Nous devons seulement nous découvrir.
C'est-à-dire ? Qu'avons-nous encore à découvrir ?
On doit se donner du temps.
Du temps ? Je pensais en avoir complètement fini d'attendre.
Émile, quand je suis avec toi, c'est ici. Le moment présent. J'aime quand nous sommes ensemble et j'oublie tout le reste, le reste de ma vie.
74

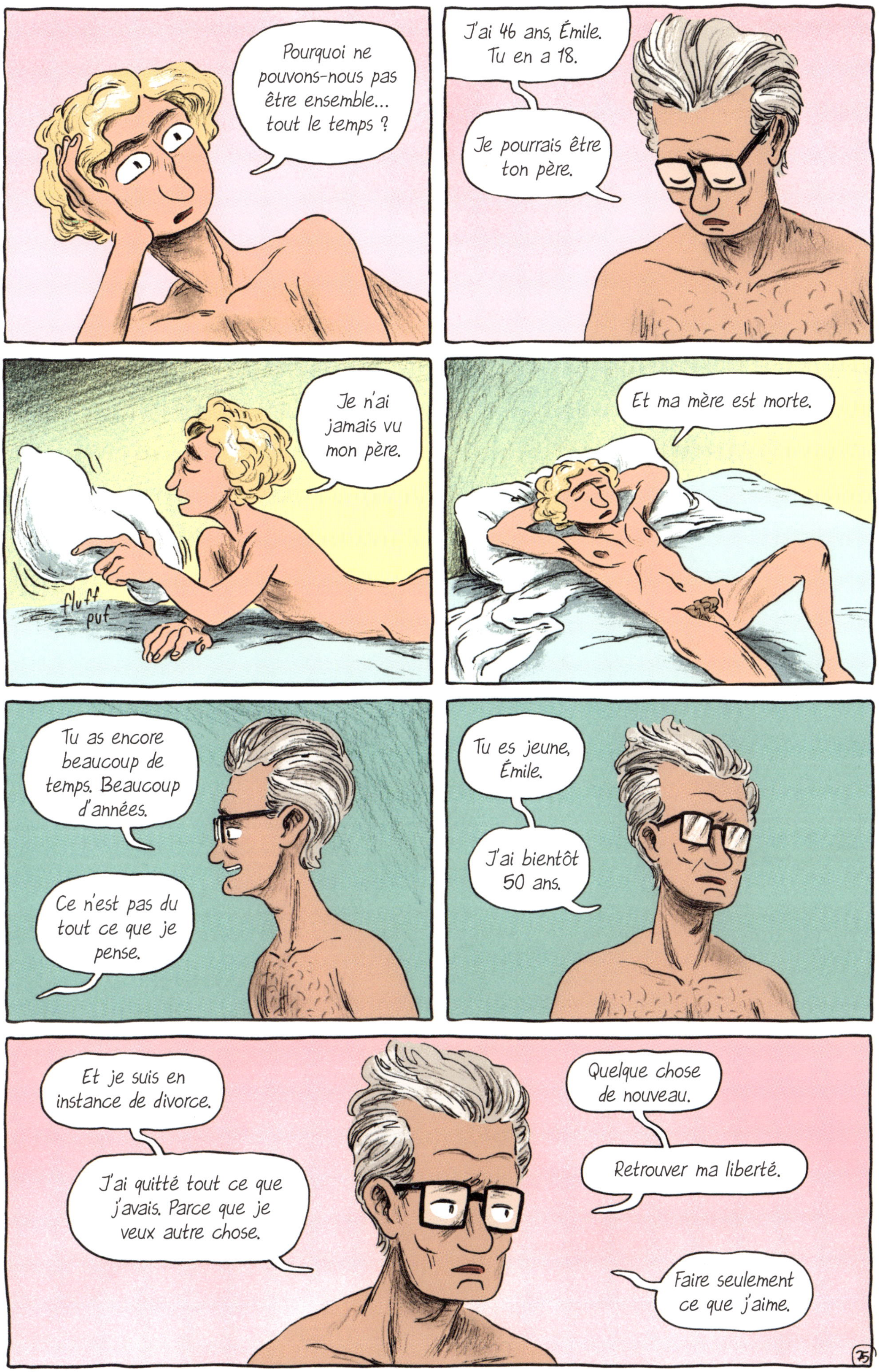
Pourquoi ne pouvons-nous pas être ensemble... tout le temps ?
J'ai 46 ans, Émile. Tu en a 18.
Je pourrais être ton père.
Je n'ai jamais vu mon père.
fluff puf
Et ma mère est morte.
Tu as encore beaucoup de temps. Beaucoup d'années.
Ce n'est pas du tout ce que je pense.
Tu es jeune, Émile.
J'ai bientôt 50 ans.
Et je suis en instance de divorce.
J'ai quitté tout ce que j'avais. Parce que je veux autre chose.
Quelque chose de nouveau.
Retrouver ma liberté.
Faire seulement ce que j'aime.

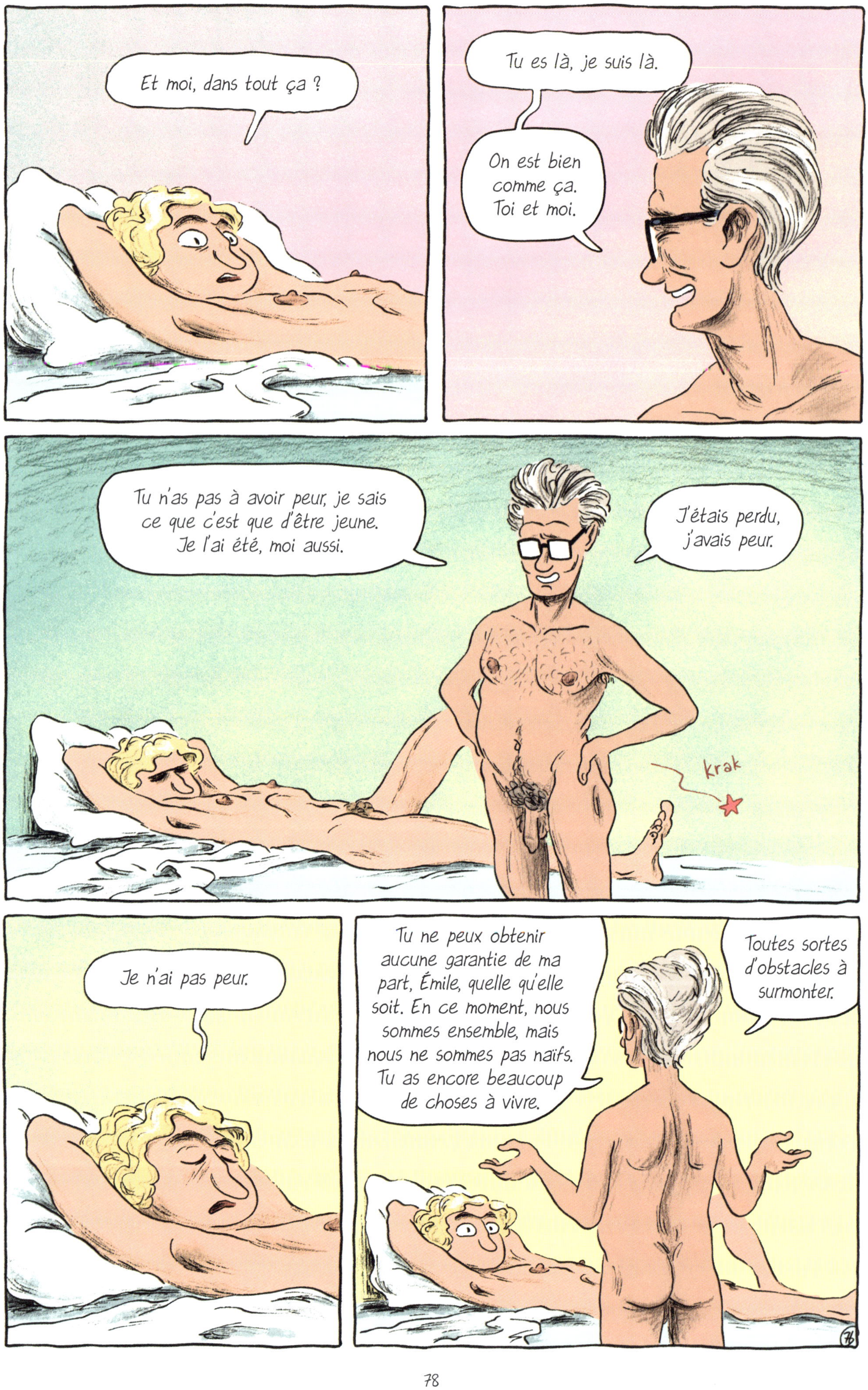
Et moi, dans tout ça ?
Tu es là, je suis là.
On est bien comme ça. Toi et moi.
Tu n'as pas à avoir peur, je sais ce que c'est que d'être jeune. Je l'ai été, moi aussi.
J'étais perdu, j'avais peur.
krak
Je n'ai pas peur.
Tu ne peux obtenir aucune garantie de ma part, Émile, quelle qu'elle soit. En ce moment, nous sommes ensemble, mais nous ne sommes pas naïfs. Tu as encore beaucoup de choses à vivre.
Toutes sortes d'obstacles à surmonter.

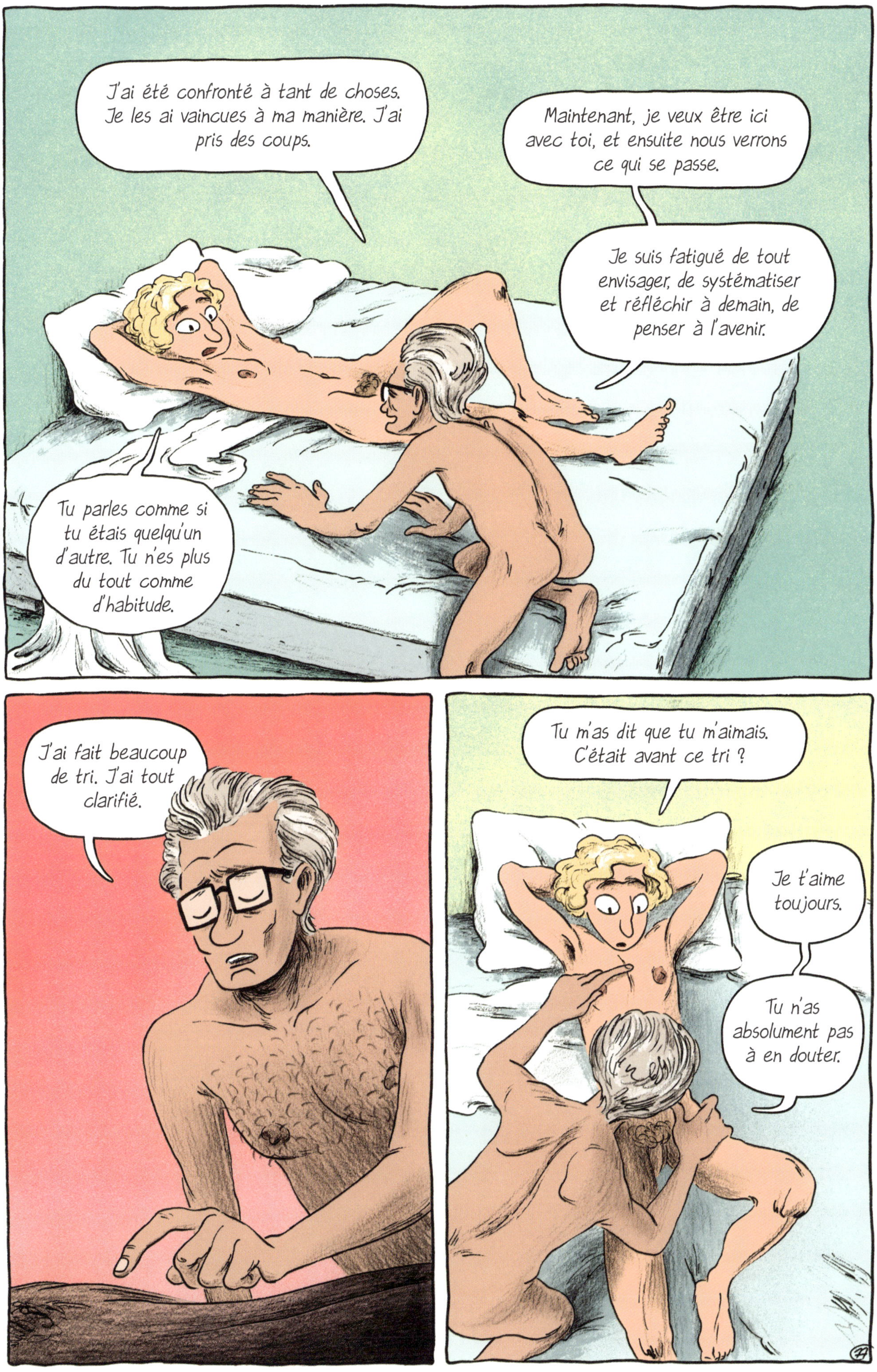
J'ai été confronté à tant de choses. Je les ai vaincues à ma manière. J'ai pris des coups.
Maintenant, je veux être ici avec toi, et ensuite nous verrons ce qui se passe.
Je suis fatigué de tout envisager, de systématiser et réfléchir à demain, de penser à l'avenir.
Tu parles comme si tu étais quelqu'un d'autre. Tu n'es plus du tout comme d'habitude.
J'ai fait beaucoup de tri. J'ai tout clarifié.
Tu m'as dit que tu m'aimais. C'était avant ce tri ?
Je t'aime toujours.
Tu n'as absolument pas à en douter.

Il y a un autre homme sur le visage de Stefan.
Il me sourit comme à un bon ami, un vieil ami.
Je ferme les yeux, je les ouvre de nouveau. Il est toujours là.
C'est Stefan mais il me regarde différemment. Il est détendu.
Il est calme, absolument serein.
Moi, je suis confus, stressé. Tout ça me secoue et me blesse.
Il me sourit.

Il m'attire vers lui. Il m'embrasse.
L'autre homme m'embrasse aussi. Cet homme qui est serein.
Il m'embrasse les mains, le ventre, les joues. Partout.
Cet homme qui n'est pas Stefan.
Nous nous couchons dans la chambre pourpre où les rideaux obstruent les fenêtres. Pas de vis-à-vis, seulement des rideaux sombres qui colorent la pièce.
Et la peau de Stefan avec l'autre homme enlacé. Ils s'aiment, nous nous aimons. Nous sommes trois personnes, Stefan, l'autre Stefan et moi.

Ils s'embrassent, nous nous embrassons.
Stefan a l'air vraiment heureux.
Et c'est l'autre qui m'embrasse pendant que j'étreins Stefan.
Il faut que ça s'arrête. Je tremble. J'ai chaud. Je transpire.
Il est différent de d'habitude. Mon Stefan. Je ne reconnais plus ses dents, ni ses mains, ni ses bras, ni ses ongles.
Cet autre homme me répugne.
Stefan doit rester comme il est d'habitude.
80

Je veux le frapper, arracher sa peau, déchirer sa chair, briser ses os.
Une voix résonne en moi : « Émile, pourquoi subir une telle douleur ? »
Stefan avec l'autre homme, l'un dans l'autre.
Ils s'aiment, ils s'entremêlent, ils ne font qu'un.
Ils veulent m'embrasser. Ils ont l'air heureux.
J'ai peur.
Assez !
SMAKK!

Émile ?!
Toute cette rage... Je ne comprends pas.
Ce n'est pas moi.
Mais Gustave, oui !

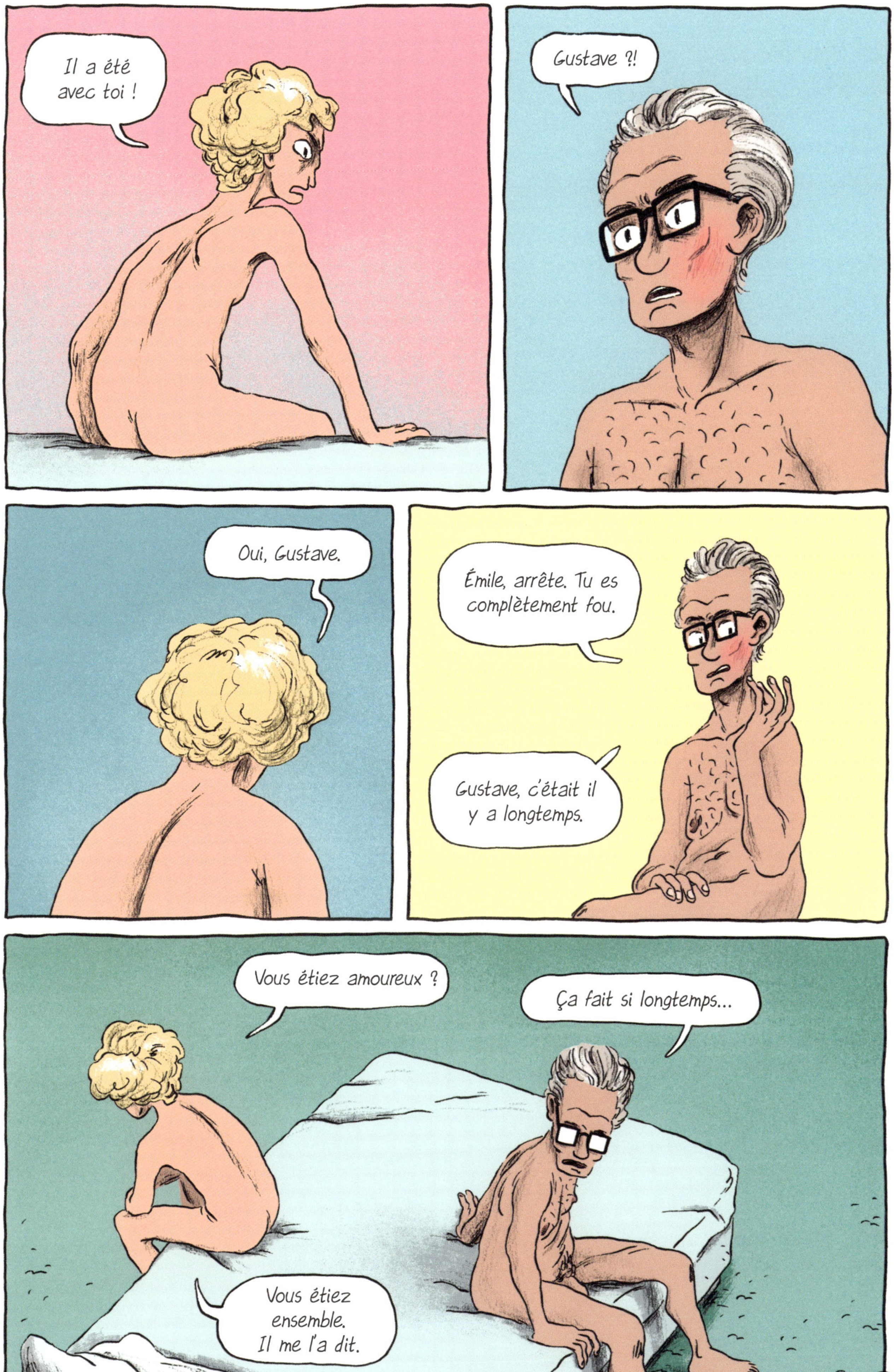
Il a été avec toi !
Gustave ?!
Oui, Gustave.
Émile, arrête. Tu es complètement fou.
Gustave, c'était il y a longtemps.
Vous étiez amoureux ?
Ça fait si longtemps...
Vous étiez ensemble. Il me l'a dit.
83

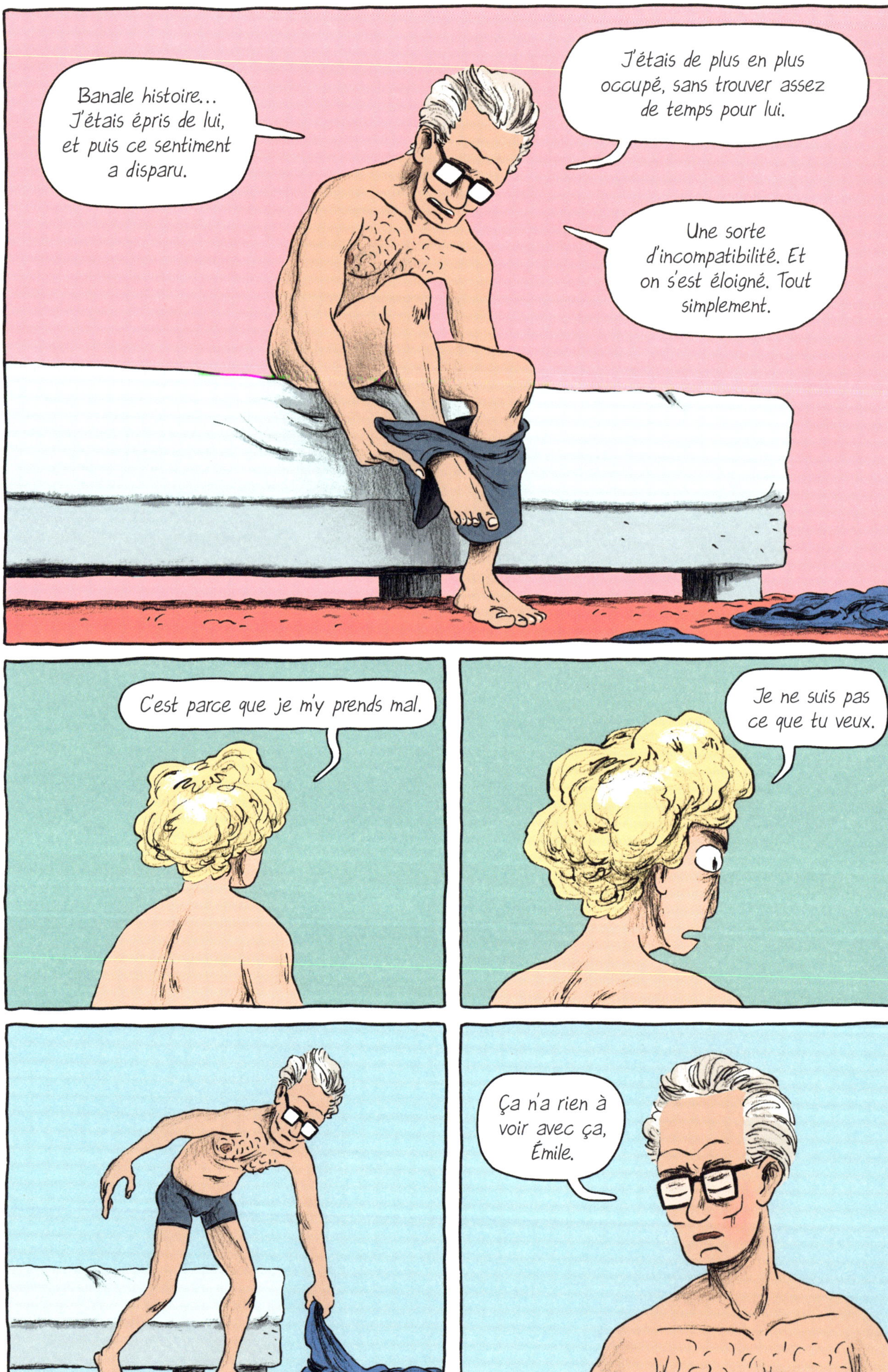
Banale histoire… J'étais épris de lui, et puis ce sentiment a disparu.
J'étais de plus en plus occupé, sans trouver assez de temps pour lui.
Une sorte d'incompatibilité. Et on s'est éloigné. Tout simplement.
C'est parce que je m'y prends mal.
Je ne suis pas ce que tu veux.
Ça n'a rien à voir avec ça, Émile.

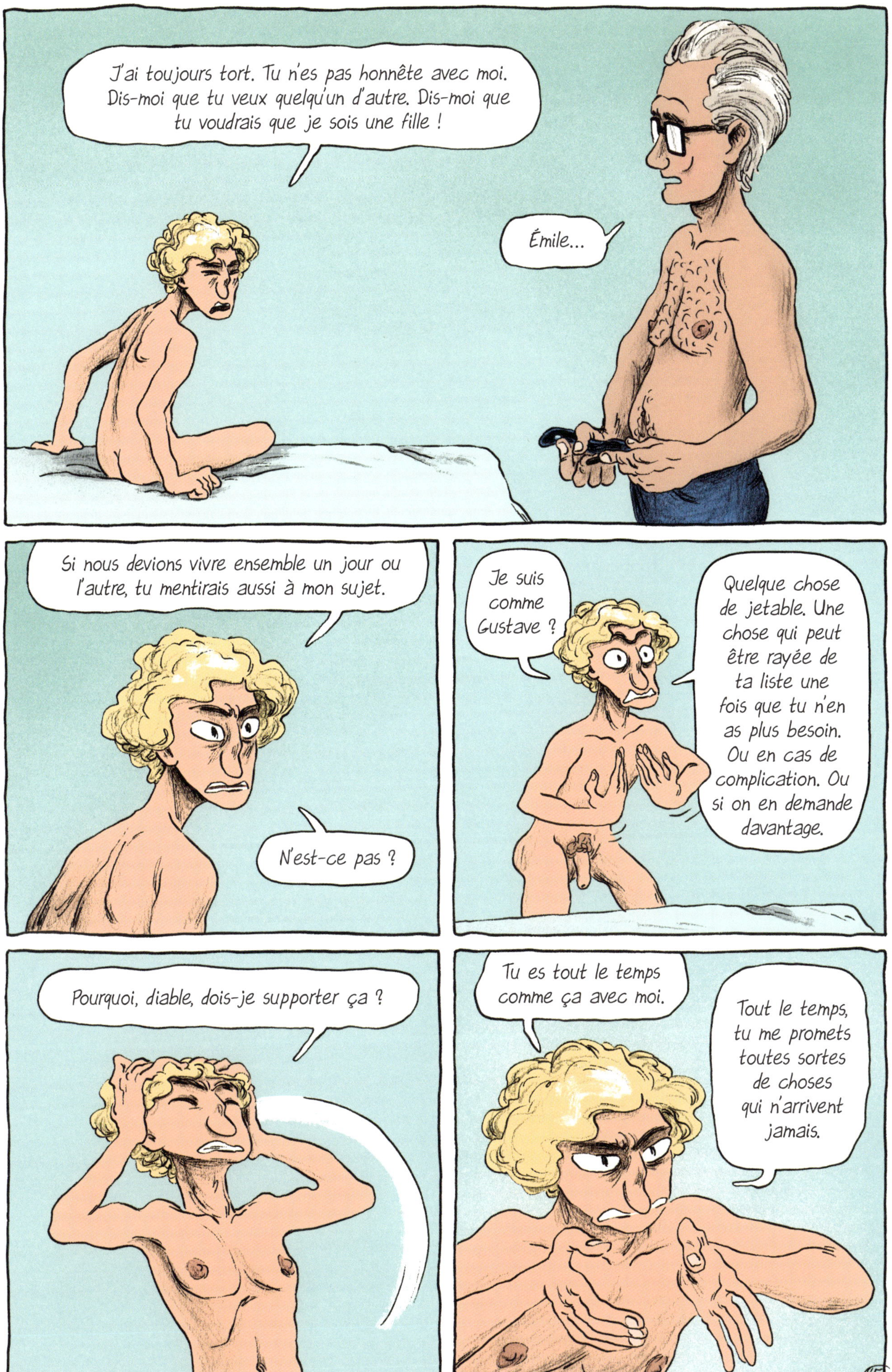
J'ai toujours tort. Tu n'es pas honnête avec moi. Dis-moi que tu veux quelqu'un d'autre. Dis-moi que tu voudrais que je sois une fille !
Émile...
Si nous devions vivre ensemble un jour ou l'autre, tu mentirais aussi à mon sujet.
N'est-ce pas ?
Je suis comme Gustave ?
Quelque chose de jetable. Une chose qui peut être rayée de ta liste une fois que tu n'en as plus besoin. Ou en cas de complication. Ou si on en demande davantage.
Pourquoi, diable, dois-je supporter ça ?
Tu es tout le temps comme ça avec moi.
Tout le temps, tu me promets toutes sortes de choses qui n'arrivent jamais.
85

Je ne crois plus en toi, Stefan.
Je ne crois plus du tout en toi.
Et ça !
Reprends ton sale pull !
Je ne veux rien de la part d'un menteur comme toi.
flopp
Je ne t'ai rien promis.

J'ai dit que tu pouvais m'accompagner au séminaire parce que j'espérais que tu acceptes. Parce que je t'aimais. Parce que je t'aime.
Mais ça... Ce soir... Ça m'embrouille...
Je ne pensais pas que tu étais comme ça.
C'est comme ça que je suis, Stefan !
C'est comme ça que je suis !
Tu n'as qu'à en trouver un autre. Ou même une fille.
Peut-être qu'ils répondront plus à tes attentes.
Bon sang, Stefan. J'y ai cru tellement fort.
Je pensais qu'on y était arrivés.
Que nous serions de taille à nous afficher aux yeux du monde entier. Que nous pourrions gérer.
Qu'on ne faisait qu'un.

J'ai cru en toi, Stefan.
Et tout ce temps, tu m'as abreuvé de mensonges.
Toutes sortes de belles paroles avariées qui sont entrées dans ma tête et m'ont rendu heureux. Mais ce n'étaient que des mensonges.
Des mensonges !
dunk
dunk
dunk
Tout n'était que mensonge, Stefan. Un enfer...
Hé.

Le monde entier est rempli de mensonges.
Tu es plein de ces mensonges.
Et j'ai cru en toi.
Je croyais en toi.
Émile, arrête !
Arrête maintenant ! Lâche-moi !
BANG!
Émile, ça suffit !
Émile !
Skub
89

bank
bank
Messieurs, quelque chose ne va pas ?
316
Non, non, tout va bien.

Quelqu'un m'a rapporté avoir entendu du raffut.
316
Non, c'est une erreur.
Vous pouvez partir.
Et vous Monsieur Gustafsen ? Est-ce que ça va ?
Oui, tout va bien.
316
Hmm.
dok dok dok dok
91

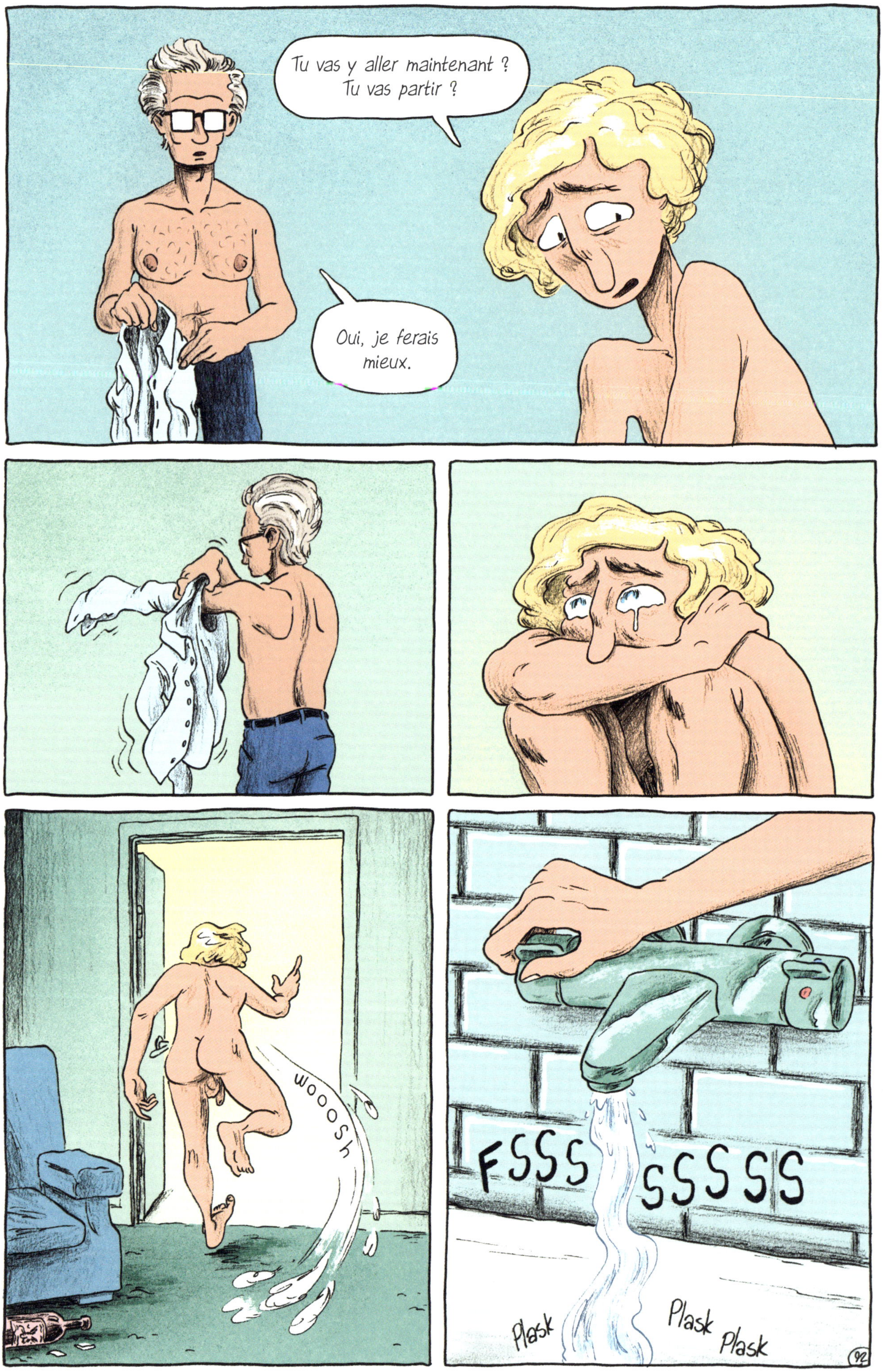
Tu vas y aller maintenant ?
Tu vas partir ?
Oui, je ferais mieux.
wooosh
FSSS SSSSS
Plask
Plask
Plask

Et si on prenait un bain ? Une dernière fois avant que tu partes.
FSSSSSSS
Pardon, j'ai été stupide.
Non ! Je vais y aller.
Tu n'as pas envie de prendre un bain ? Un dernier.
plisk plask
Je t'en prie.
S'il te plait.
Ça ne marche pas comme ça.
93

Tu es abject, Stefan.
Un petit étron. Un acarien.
Je vais l'appeler.
dunk
dunk
dunk
tep
duut
duut
Arrête-ça, Émile.
Regarde-toi dans le miroir. Que vois-tu ?
duut
duut
Oui, je souhaite être transféré sur la ligne de Laursen.
Un misérable parasite.
94

Donne-moi ce téléphone.
Laursen a déjà appelé plusieurs fois. Il sera probablement intéressé pour avoir de tes nouvelles.
Et savoir qui tu es vraiment.
Qu'est-ce que tu vas lui dire ?
Ça sonne…
Tu ne feras pas ça.
Tu ne tomberas pas si bas.
Reste ici, alors. Juste un dernier bain.
Un dernier bain.
C'est du chantage, Émile ?
95

Tu pensais vraiment que j'étais si stupide que ça ?
Oui, j'attends.
Je pourrais tout lui raconter.
À propos de toi.
À propos de Gustave.
À propos de nos jeux.
Tu ne le feras pas !
S'il te plait, Émile, donne-moi ce téléphone !
Tu veux prendre un bain ?
Très rapide, alors.
D'accord, d'accord, tu as gagné. Désolé, si je t'ai blessé.
Bip
Tu m'as blessé, c'est que tu as fait.
Oui. J'en suis désolé.

Émile, Émile !
BANK
BANK
BANK
Tu ne réponds pas ?
Je n'ai pas envie.
Émile, Émile !
Ouvre-lui maintenant.
Viens avec moi dans la salle de bain.
Que se passe-t-il, Émile ?
Par ici, Stefan.
Émile, ouvre-moi. Dépêche-toi. Je t'entends.

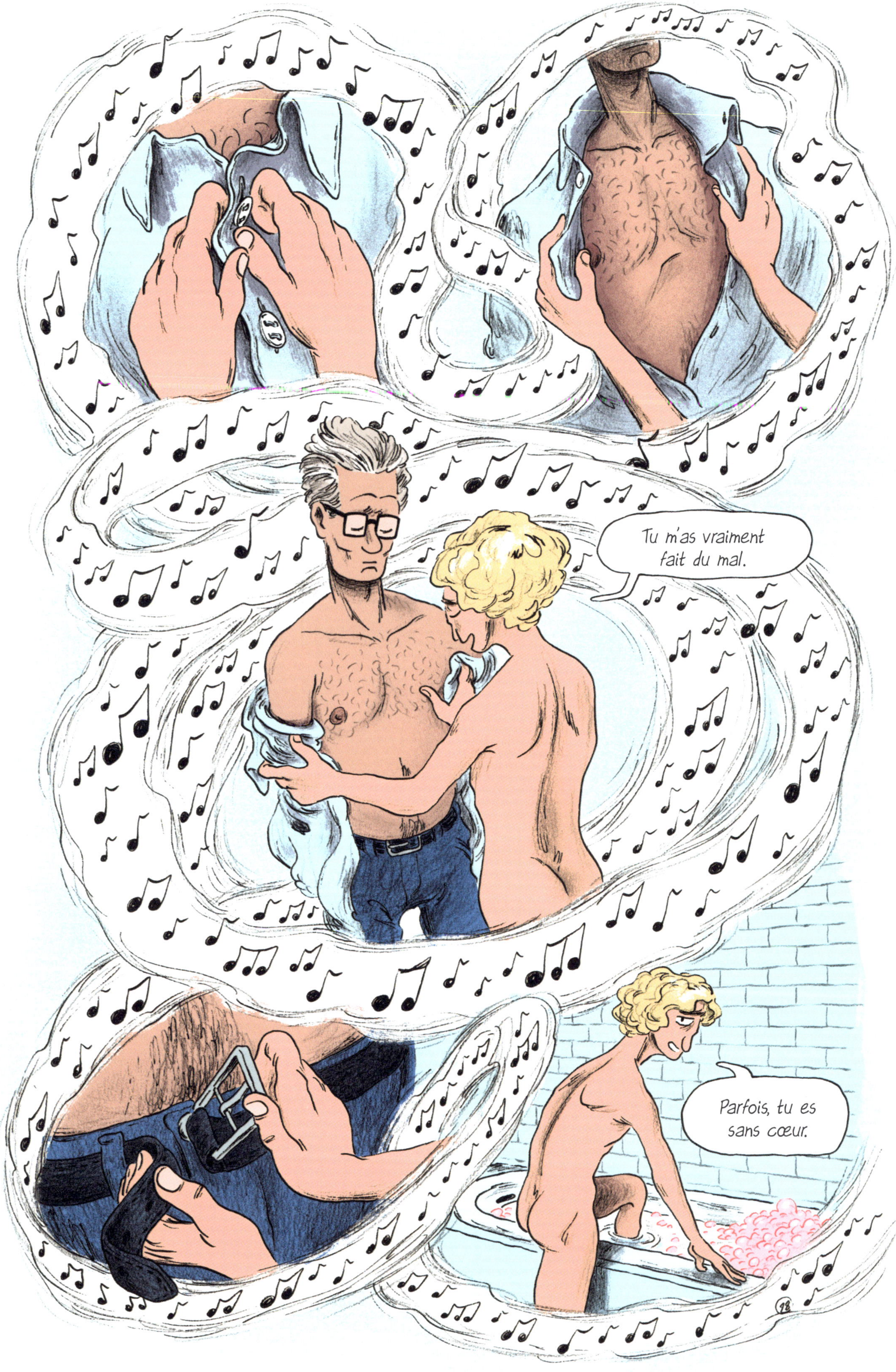
Tu m'as vraiment fait du mal.
Parfois, tu es sans cœur.

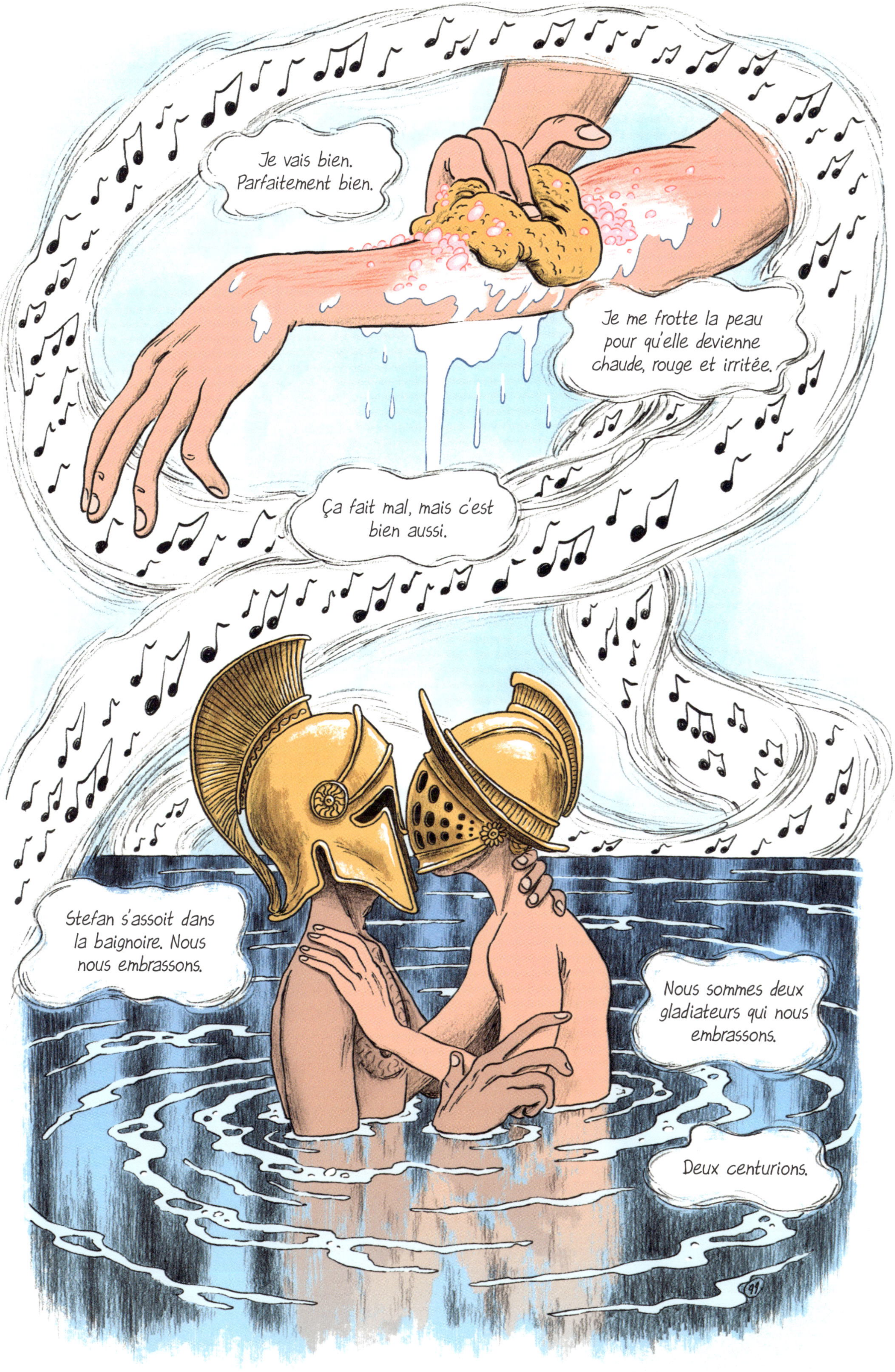
Je vais bien. Parfaitement bien.
Je me frotte la peau pour qu'elle devienne chaude, rouge et irritée.
Ça fait mal, mais c'est bien aussi.
Stefan s'assoit dans la baignoire. Nous nous embrassons.
Nous sommes deux gladiateurs qui nous embrassons.
Deux centurions.

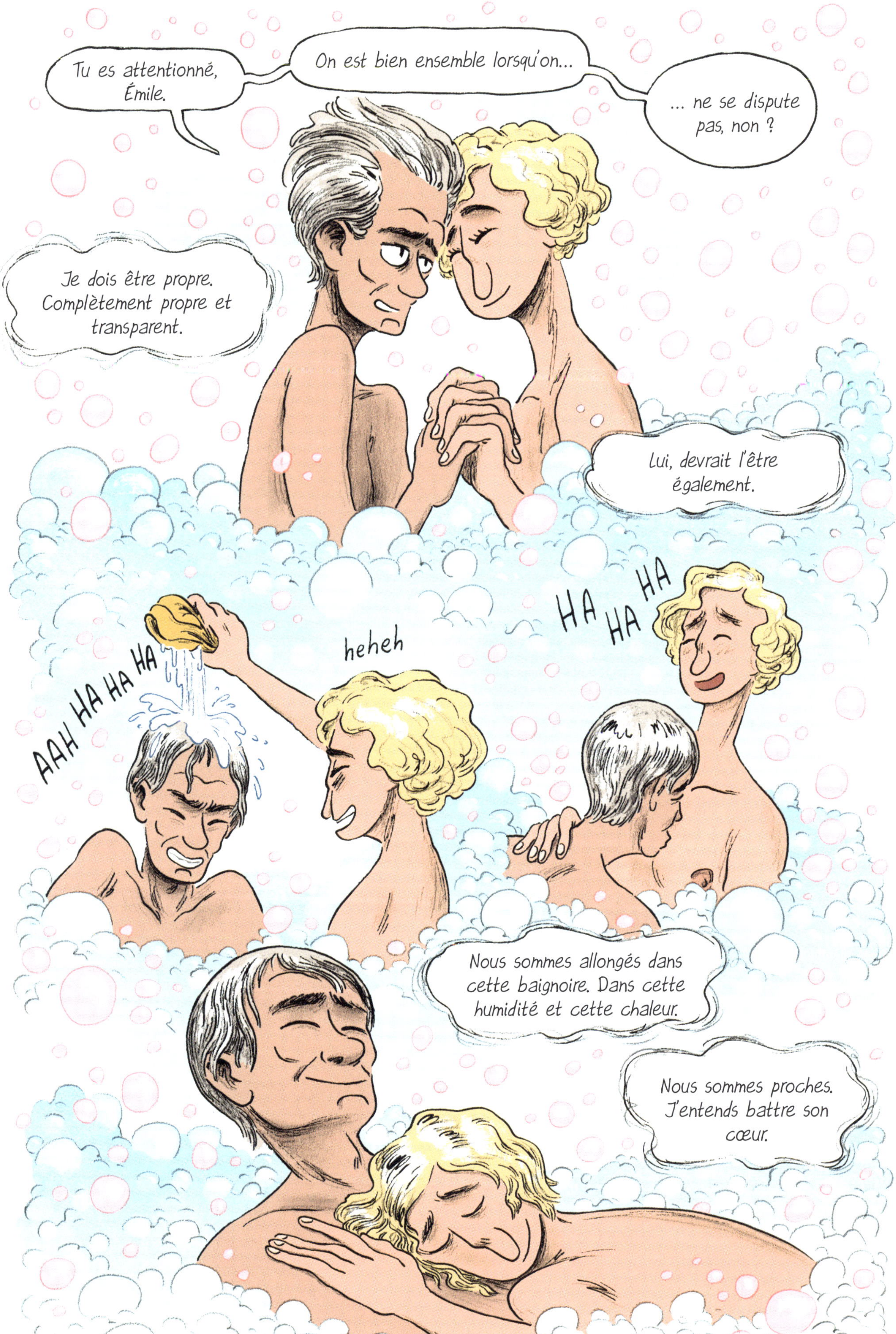
Tu es attentionné, Émile.
On est bien ensemble lorsqu'on...
... ne se dispute pas, non ?
Je dois être propre. Complètement propre et transparent.
Lui, devrait l'être également.
AAH HA HA HA
heheh
HA HA HA
Nous sommes allongés dans cette baignoire. Dans cette humidité et cette chaleur.
Nous sommes proches. J'entends battre son cœur.

Stefan a juste besoin de rester là, j'ai simplement besoin d'être avec lui.
Le temps passe. Et si on restait ici pour toujours.
Je lui souris. Il m'embrasse sur le front.
Je suis un bon garçon.
Je suis là. C'est parfait. Je suis là.
Et je suis à lui.

Tu es content, mon beau.
Oui.
Mon trésor.
Si j'ai été stupide juste avant, si j'ai dit quelque chose de blessant, alors je suis désolé.
Je suis désolé. Même si je le pensais.
Stefan a raison. C'est mieux ainsi. Comme il me l'a dit, je n'ai rien à attendre de lui.
Il faut se battre, il faut faire la guerre. Et on a le droit de perdre.
Il suffit de déposer les armes.
Émile, tu es le meilleur du monde.

Quand j'étais petit, c'était plus simple.
On me pardonnait plus facilement.
Et on m'aimait davantage.
L'eau de la baignoire monte.
J'ai enfoui ma main dans celle de Stefan. Je l'ai embrassé.
Je glisse au fond de l'eau pour m'y réfugier.

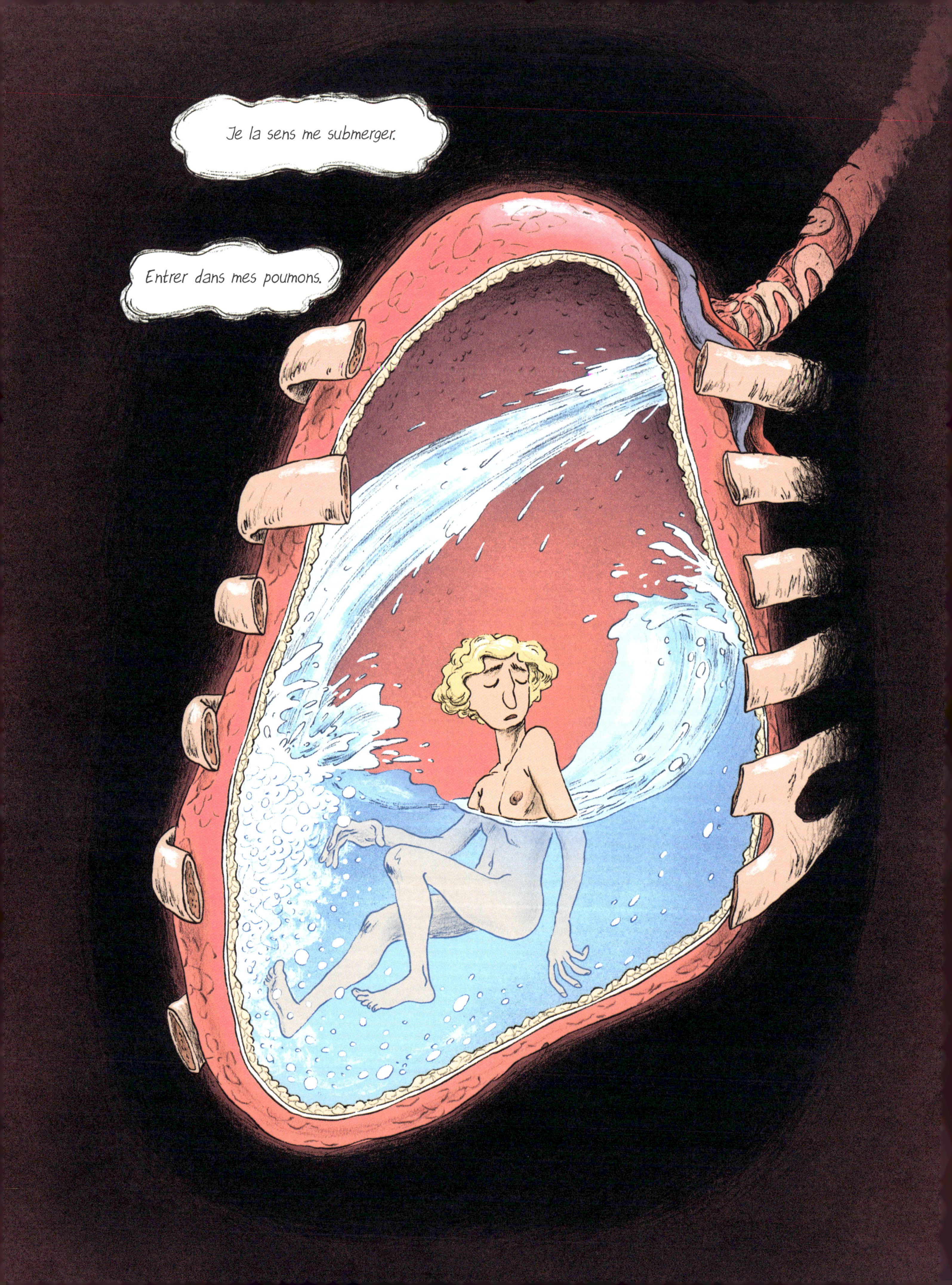
Je la sens me submerger.
Entrer dans mes poumons.

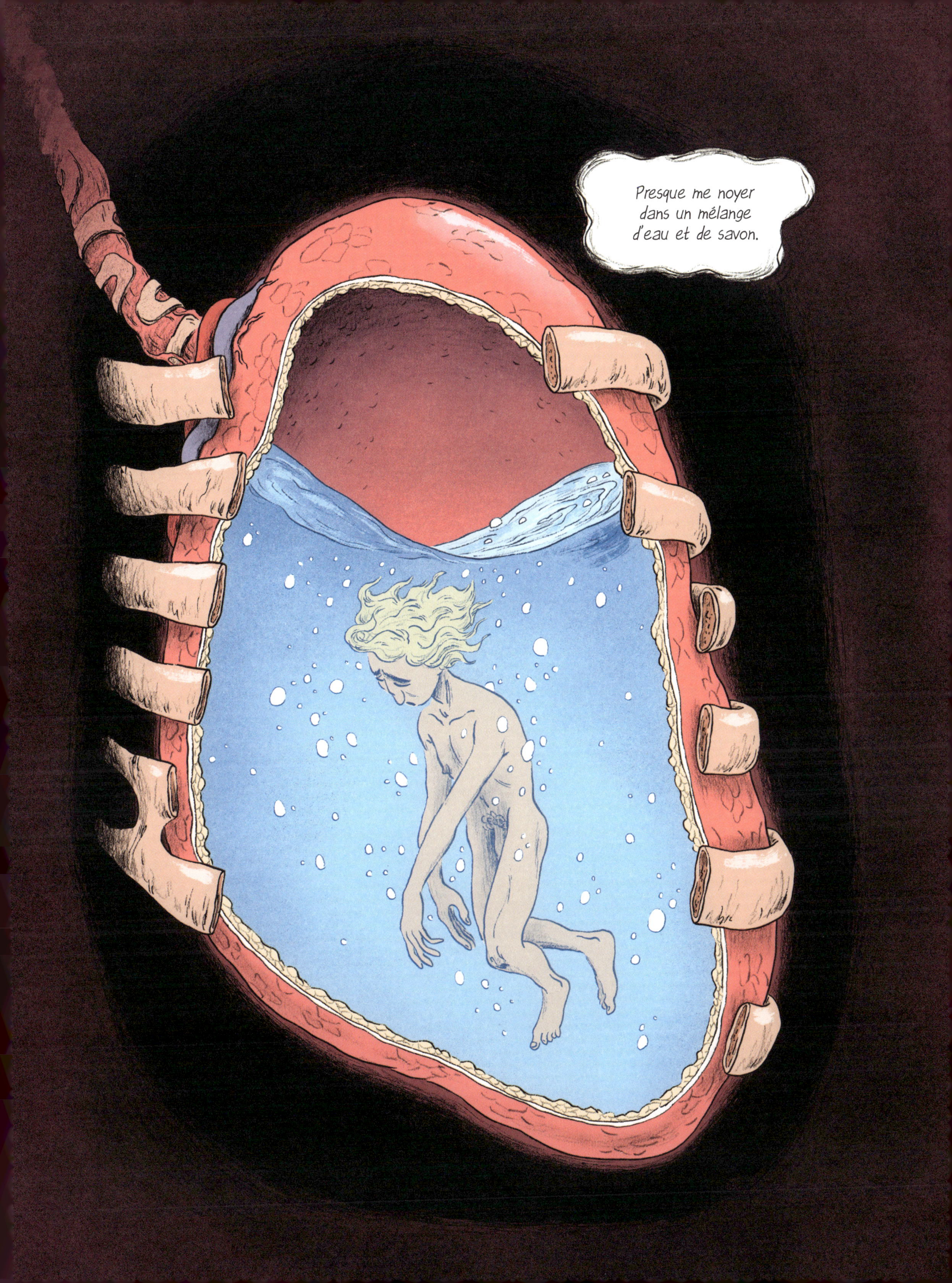
Presque me noyer dans un mélange d'eau et de savon.

Stefan m'allonge.
Émile, je t'en prie, Émile !
Mon petit Émile.
Oh, non, non, non...
Là, sur le sol de la salle de bain.
Je vais rester là. Sur ce carrelage immaculé.
Klik
Vite ! Il y a eu un accident.
Il est allongé par terre. Venez !

Je suis au parc de Tivoli et j'ai quatre ans. Ma mère sourit.
Elle vient de m'offrir une barbe-à-papa.
Évidemment, avec tout ce sucre rose à l'intérieur de ma bouche, je ne dis rien. Je mâche bien calmement, lentement.
You wear those eyes that never blink
La main de maman serre la mienne.
LE PURGATOIRE
Ud
Ind
Je fais ce qu'elle me dit.
Nous sommes au cinéma Le Purgatoire. J'enlève ma veste pour la mettre sous mes fesses.
You always were the missing link

Petit à petit, maman s'est laissée aller.
D'abord les cigarettes. Elle ne pouvait plus s'en passer.
OPALO
NU
FASHION
TOM
Puis les émissions de télévision, les magazines. Elle devait économiser sur tout mais...
... pas pour moi. Elle ne me refusait rien. Maman pouvait payer. Elle n'arrêtait pas de le dire. Des mensonges.
Je n'aurais pas dû écouter à la porte. Pourtant... C'était une mauvaise habitude de rester là dans mon pyjama à écouter quand maman était dans le salon en train de pleurer au téléphone.
Ou quand maman jetait les factures sans les ouvrir.
C'est ce que les adultes font lorsqu'ils ne peuvent plus payer.

Le jardin de Tivoli sent les fleurs et les murs des toilettes sont parfaitement propres.
Maman et moi à Tivoli.
Elle se lève et sourit tellement que c'en est contagieux.
Je suis le fils de ma mère.
Toujours se souvenir de cette journée-là, au parc de Tivoli. Je n'ai pas peur. Pas peur du tout.
Ma mère à Tivoli.
J'avais tellement attendu ce jour-là.
Émile, reviens. Émile.

Quand j'étais petit, c'était plus simple…

Émile !

Il est là. Dans la salle de bain. Je ne sais pas comment c'est arrivé.
Qu'est-ce que tu as fait, Stefan ?
Bon, voyons ça. Ça ne doit pas être si terrible ?
Je suis allongé sur le carrelage, nu sur le sol.
Le réceptionniste a le visage écarlate.
Gustave a l'air effrayé.
Le réceptionniste ferme le robinet.

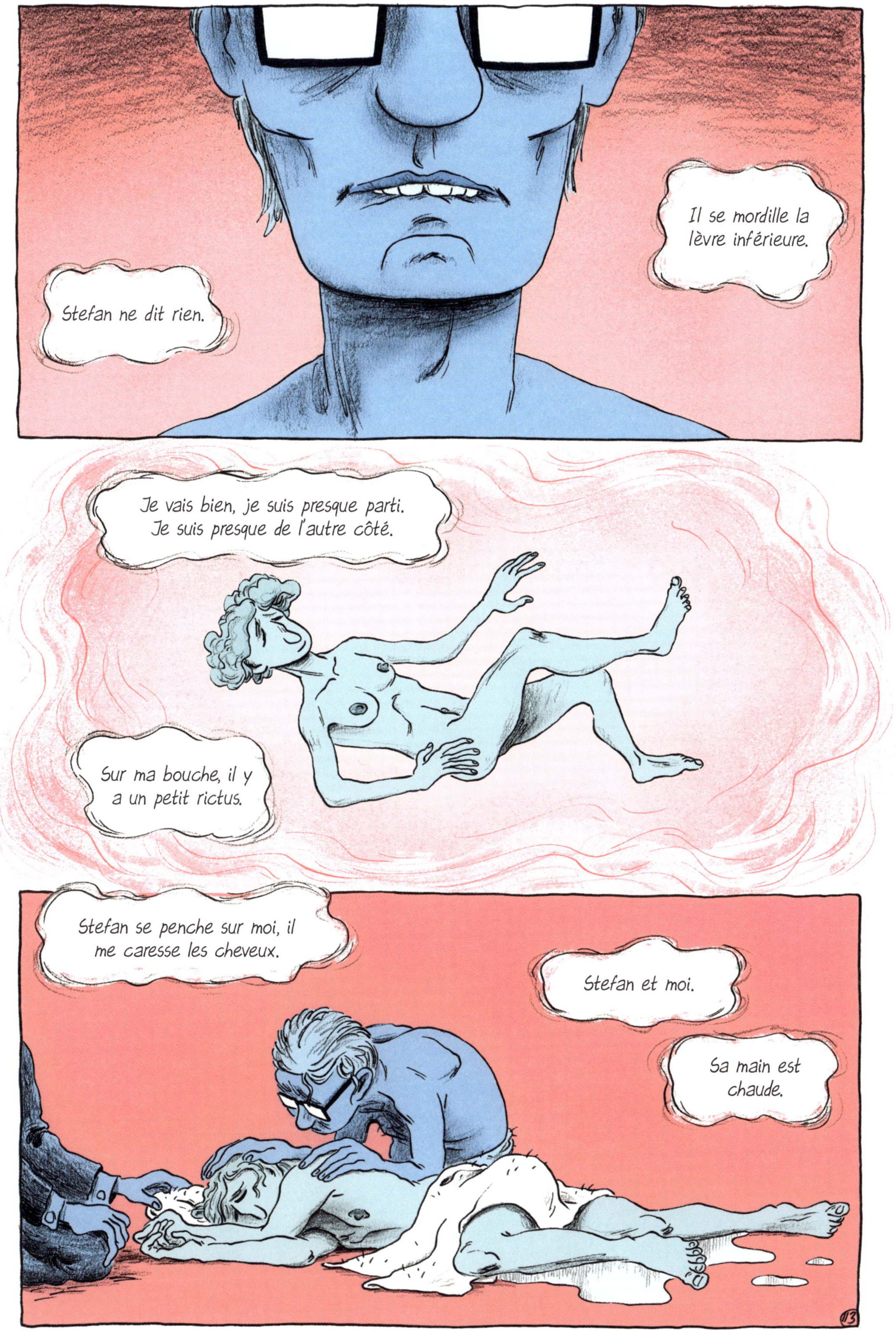
Stefan ne dit rien.
Il se mordille la lèvre inférieure.
Je vais bien, je suis presque parti. Je suis presque de l'autre côté.
Sur ma bouche, il y a un petit rictus.
Stefan se penche sur moi, il me caresse les cheveux.
Stefan et moi.
Sa main est chaude.
113

Il n'est pas...
Non, non. Il a juste perdu connaissance.
C'est de ma faute.
Ce n'est la faute de personne.
Si ! C'est ta faute.
Tu lui as fait toutes sortes de promesses que tu ne peux pas tenir. Comme avec moi à l'époque.
Ce n'est pas le moment.
Oui, fermez-là ! Ce n'est la faute de personne.
Je vais tout arranger. Personne ne saura que c'est arrivé.
114

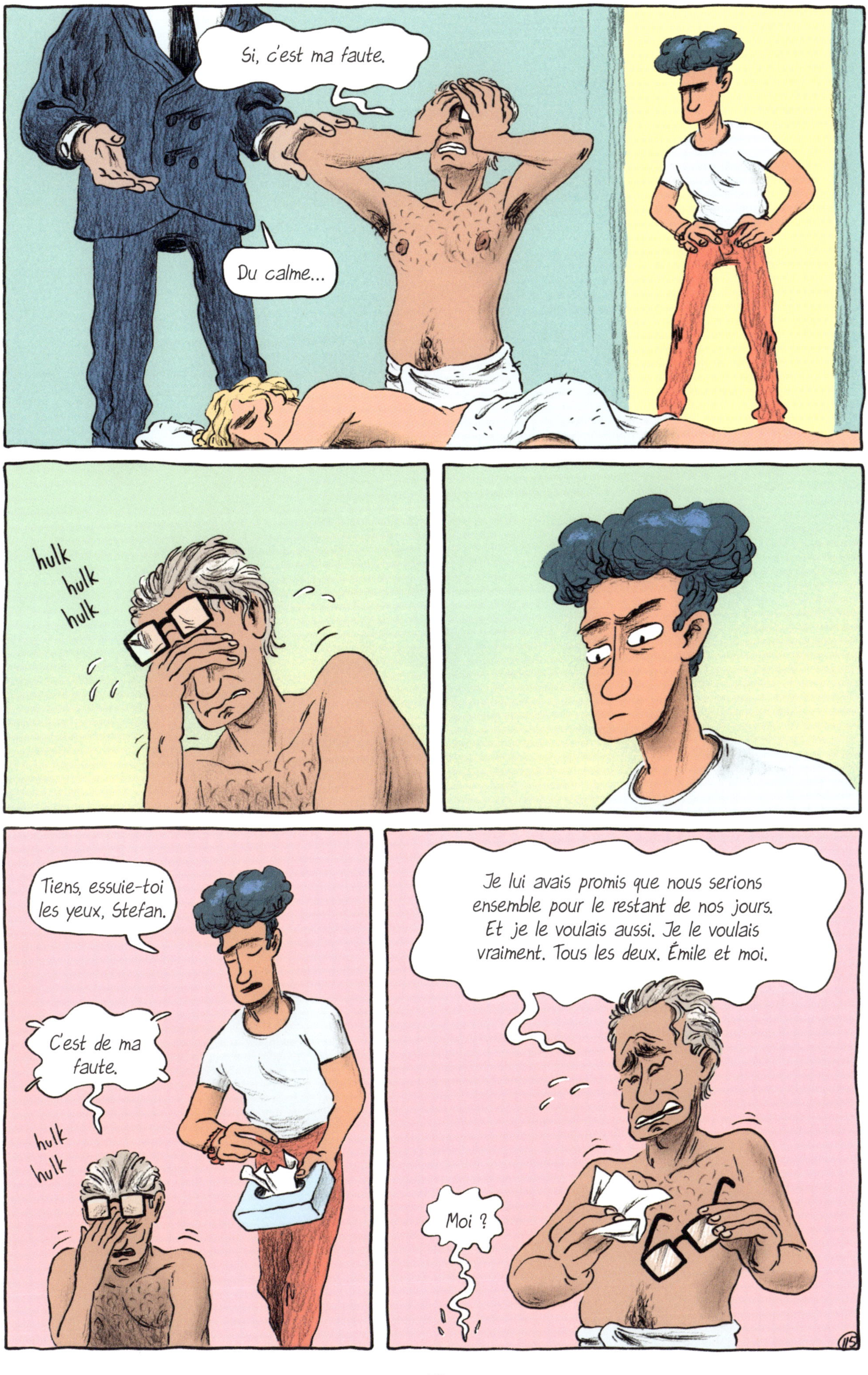
Si, c'est ma faute.
Du calme...
hulk hulk hulk
Tiens, essuie-toi les yeux, Stefan.
C'est de ma faute.
hulk hulk
Je lui avais promis que nous serions ensemble pour le restant de nos jours. Et je le voulais aussi. Je le voulais vraiment. Tous les deux. Émile et moi.
Moi ?
115

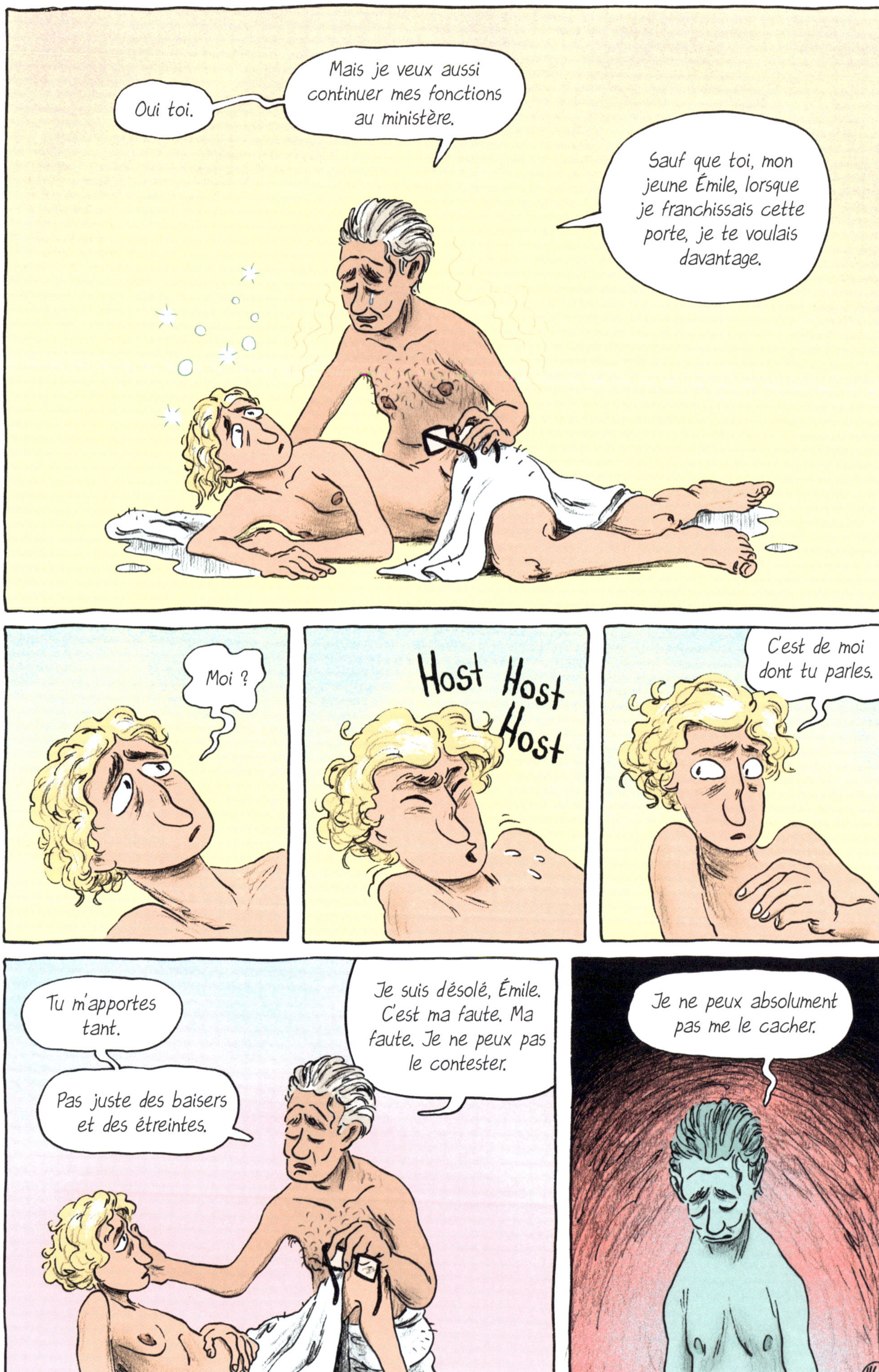
Oui toi.
Mais je veux aussi continuer mes fonctions au ministère.
Sauf que toi, mon jeune Émile, lorsque je franchissais cette porte, je te voulais davantage.
Moi ?
Host Host Host
C'est de moi dont tu parles.
Tu m'apportes tant.
Pas juste des baisers et des étreintes.
Je suis désolé, Émile. C'est ma faute. Ma faute. Je ne peux pas le contester.
Je ne peux absolument pas me le cacher.
116

Tu es tellement pathétique, Stefan.
Je t'attends en bas, Émile.
Tu me rejoins bientôt ?
Oui...
klak
tchk tchk

tscch
J'espère que tu pourras me pardonner.
Qu'est-ce que tu dis ?
J'espère que tu pourras me pardonner.
118

Je vais laisser 3 billets de 500 sur le lit.
Non, plutôt 4
Stefan ?
klik

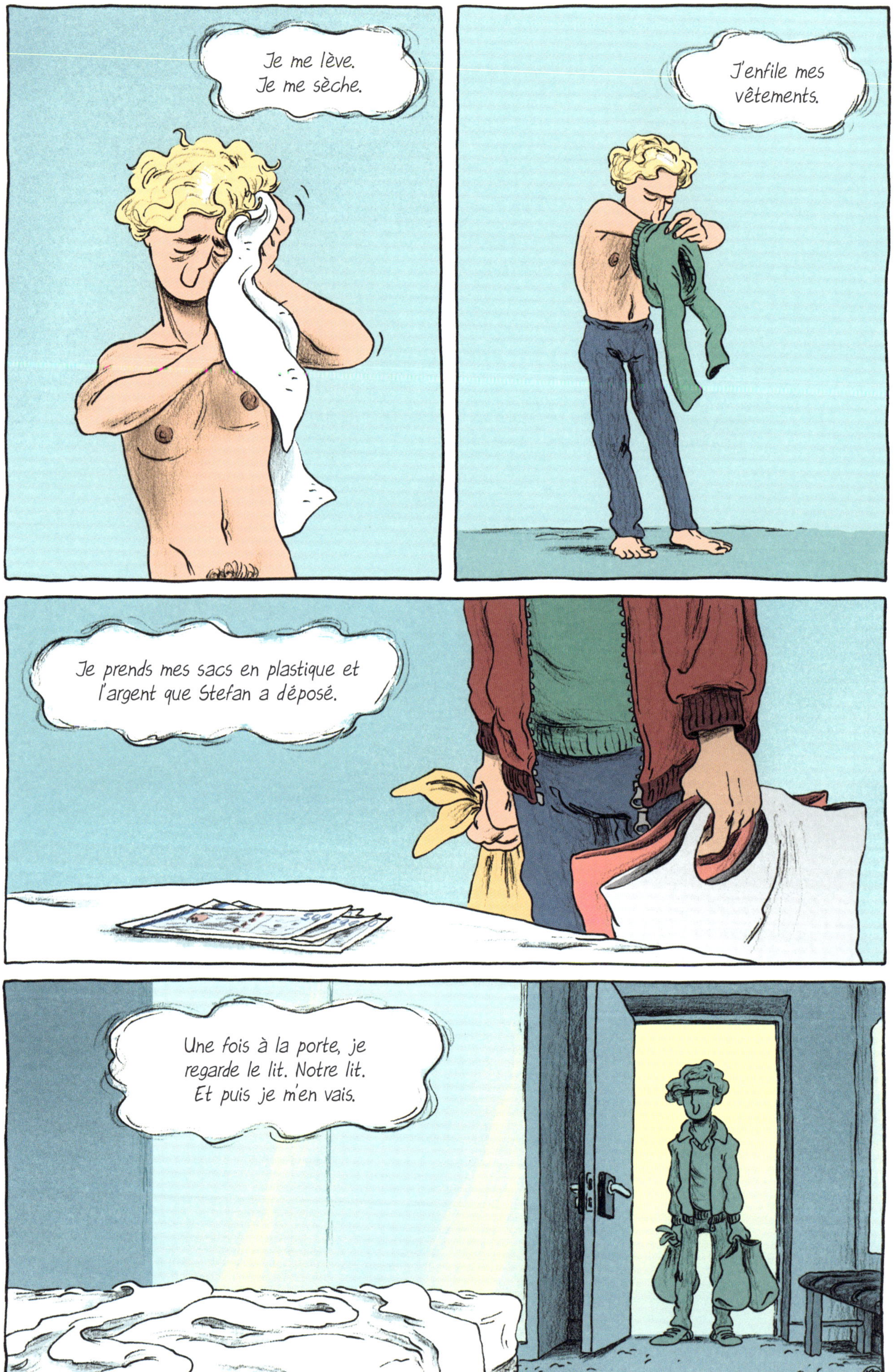
Je me lève.
Je me sèche.
J'enfile mes vêtements.
Je prends mes sacs en plastique et l'argent que Stefan a déposé.
Une fois à la porte, je regarde le lit. Notre lit. Et puis je m'en vais.

En bas à la réception, Gustave m'attend.
Stefan a payé la chambre.
On quitte l'hôtel par l'entrée principale.
Nous ne prenons pas la peine d'utiliser la sortie de secours.
Nous sortons par la porte à tambour de verre.
Venir. Se battre.
Le réceptionniste nous regarde en secouant la tête.
Gustave pose son bras sur mes épaules.
Il fait froid et il pleut.

Nous faisons signe à un taxi.
Byens Taxi
Un nouveau jour se lève.

RR 2021

Les morceaux de musique écoutés sont extraits
d'une playlist du groupe ***The Cars* :**

Drive... page 8

Just what I needed... page 20

Good times roll.. page 25

This could be love.. pages 33 et 35

I'm in touch with your world... page 57

You wear those eyes.. page 109

Bye bye love... page 125